福

像花儿一样

简丹 编

中国华侨出版社

图书在版编目（CIP）数据

幸福像花儿一样 / 简丹编. —北京：中国华侨出版社，2012.9
ISBN 978-7-5113-2926-4

Ⅰ.①幸… Ⅱ.①简… Ⅲ.①散文集—中国—当代
Ⅳ.①I267

中国版本图书馆CIP数据核字（2012）第220658号

幸福像花儿一样

编　　者 /	简　丹
出 版 人 /	方　鸣
选题策划 /	刘连生
责任编辑 /	张　可
特约编辑 /	李　丹
装帧设计 /	壹诺设计
版式设计 /	新兴工作室
插图绘制 /	三　乖
经　　销 /	新华书店
开　　本 /	870mm×1280mm　1 / 32　印张 / 8.5　字数 / 160千字
印　　刷 /	三河市国源印刷厂
版　　次 /	2012年12月第1版　2015年8月第2次印刷
书　　号 /	ISBN 978-7-5113-2926-4
定　　价 /	28.00元

中国华侨出版社　北京市朝阳区静安里26号通成达大厦三层　邮编：100028
法律顾问：陈鹰律师事务所
发 行 部：（010）82605959　传真：（010）82605930
网　　址：www.oveaschin.com
E - mail：oveaschin@sina.com
如果发现印装质量问题，影响阅读，请与印刷厂联系调换。

目录 CONTENTS

你就是我生命中的那片海

虔诚的心卷

醋醋细语声中的浮生

你就是我生命中的

那片海

那时情窦初开

以利亚

我抓住了机会，就在她低下头的时候，我看了她一眼。起初是偷偷地看，后来就越来越大胆。她的面孔是如此精致，散发着聪慧和甜美，看起来比昨晚更加迷人，深深地触动了我的心。

她背对着窗子坐在那里，窗子上挂着白色的窗帘，阳光透过窗帘射进了屋里。她蓬松的金色卷发、洁白无瑕的脖颈、瘦削的肩膀和微微隆起的胸脯都沐浴着柔和的阳光。我目不转睛地看着她，现在，我与她如此亲近！我感觉自己在很久以前就认识她，并且在遇到她之前，好像什么也不知道，根本意识不到自己的存在。

她身穿一条白色连衣裙，裙子下面隐约可见她那小巧的鞋尖。我感到自己非常乐意去亲吻那条裙子的每个褶皱。

"我就坐在她的面前，"我的脑中萦绕着这样的想法，"我与她已经相识了，上帝，我感到非常幸福！"

我几乎无法压抑内心的喜悦，差一点就从椅子上跳了起来。然而，我只是像一个得到糖果的小孩子一样，双腿微微地摆动着。

我感到很快乐，就像水中游来游去的小鱼。我真想永远也不要离开那个地方，永远待在那个房间里。

她慢慢地抬起头，清澈的目光再次温柔地落在了我的身上，她再一次冲着我嫣然而笑。

她竖起一根手指，害羞地说："你为什么一直看着我？"

我的脸一下子涨红了，脑海中闪现出这样的想法："她明白了一切，也看到了一切。她怎么会不明白，怎么会看不到呢？"

一眼定情

　　我至今还记忆犹新的依然是初次见面的情景。我的世界仿佛在你走进房间的那一刻静止了。穿过人群，你最终迎上我的目光，四目交汇，我用目光告诉你，在他们之中你最可爱。时间也仿佛停止在这一刻。面对我失态的凝视，你有些尴尬，但眼中依然含着略带羞涩的笑意。从那一刻起，心心相系的我们一起见证着美好的时光。

　　"相亲相爱，白头偕老。"这是我们许下的诺言。年幼的我们，曾怀着一颗纯真的心，相互对望，彼此眼中只有对方。六十年来，我们曾在那些淡漠的夜里追溯着昨日的记忆，也曾用充满爱意的双眼展望过未来。

　　我们一起目睹过那些好战的、憎恨的眼神。最初，我们在异国土地上为他人的自由而战。后来，这种憎恨越过海洋又在我们的土地燃起。不同肤色、不同种族的人们为追求平等而战。最近，我们又亲眼目睹了人性堕落的深渊，在我们心中留下了可怕的记忆。孩子们天真纯洁的童心被恐怖分子一次又一次地践踏摧残，我们的建筑也被摧毁，但我们的信念是无坚不摧的。

至死不渝的爱情让我们的结合更为完美，而我们生命的轮回也在众人的眼中衍生并延续。

在那些苦苦寻求出路的日子里，我们曾挣扎、流泪过。那些漫长、艰难的日子就像夜里最黑暗的时候，当我以为自己再也无法见到明日的黎明时，你勇敢地走了进来，看到你，我仿佛看到阳光，驱散了午夜的暴风雨，迎来了黎明的曙光。

仿佛是在转眼之间，第二天我们就已戴上了老花镜。尽管我们的视力减退了，但我们之间的爱却日益增加。我们的孩子也都找到了

他们的意中人，眉目传情依然在继续着。我们也见证了新生儿努力睁开双眼，凝视人生的瞬间，也欣喜地听到他们微笑着说："爷爷，奶奶，我爱你们。"

从见到你的那一刻起，我已将你铭刻在心。我深深地爱着你，日久天长，我对你的爱也越来越深，即便到了生命的最后一刻。

尽管我已遗忘昨日的许多记忆，但我仍清楚地记得你走进我房间的那一刻。尽管我看东西不再清晰，但每天总有那么一刻能让我回想起初次见你的那天。今天，你走进小得几乎仅能容下我的床和你的椅子的房间。我听到了开门的声音，期待着，而我的心也开始为这一刻做准备，因为现在我活着就是为了这一刻的到来。尽管我的听力也已经衰退，但我还是很快辨别出了你的脚步声。我试图起来迎接你，但身体却无能为力，所以只能仰起脸，等待着在你俯身到我床前的那一刻看你一眼。终于你来到床前问候我："早安，亲爱的。你今天感觉怎么样？"这就是我为之所活的一刻。为了表示我又多爱你一天，我竭尽全力让自己能够多眨一下眼睛。今天是个特殊的日子，因为你不仅注意到我闪烁的眼中蕴含着深深的爱意，而且还捕捉到了我竭力想眨动左眼的意图，那是我想让你知道，在我心中你依旧是我的女孩。

爱人，我在等你

我永远爱你，永远。

我仍然记得，当我还是一个懵懂的小孩子时，就总是想和你一起玩耍。然而，你生活的地方并不在我家附近，所以我们无法一起玩。我不知道你住在哪里，可是我知道，只要有可能，你就会与我相随相伴。我们一起玩抛接球、捉迷藏或者任何你想玩的游戏。只要是你喜欢玩的游戏，我都愿意陪你玩。我想要你告诉我，如何才能让你开心。

我独自一人玩耍，然而，你就在我的身边，我装做你就在我的身边。我从来不想和住一个街区的其他孩子一起玩耍，因为我有你的陪伴。

母亲总是要我到外面找邻居家的男孩子们一起玩耍。我不愿意参加青少年棒球联赛或加入童子军，母亲一直不理解其中的原因。她不会懂，我有你的陪伴，不需要其他任何人。

然而那个时候，我还不知道这就叫做爱情，我不明白什么是爱，我只是非常想与你相随。我无法说清楚那究竟是一种什么样的感觉。

后来，当男孩子们在学校里开始关注女孩子时，我并没有产生多么糟糕的感觉。他们对我这些年来的感受开始有了体会，他们需要女人，而那些女孩子也需要男人。他们开始成双成对，有些恋人至今仍然在一起。爱情的美妙就在于它的永恒吧！

我说自己的感觉并不坏，然而那只是开始之时。没多久，他们就问我有没有女朋友，我说有，然后他们就理所当然地想知道是谁。我不能把真相告诉他们，只好编故事说，我在外婆家过暑假的时候认识了你，我们现在天各一方。一些男孩子认为那很酷，其他男孩子则认为我在说谎。我努力不在意他们的话，努力不让自己感到困扰。

夜晚，我躺在床上思念你。我想知道那一天你都做了什么，你喜欢你的学校吗？你哪门功课最好呢？我总是设想你的英文很棒。我想象着，你写给我一封长长的情书，告诉我你是多么爱我。你在信的末尾写道：抱你，吻你。

有时，我想知道你是否认为等待是如此难熬，我想知道你是否有了男朋友。但是，我知道你是不会对他认真的，一旦我们能够在一起，你就会离开他。然而，我一想起这些就会有点儿嫉妒。如果有可能的话，我想成为第一个抚摸你的人，第一个吻你、牵你手的人。我不想要其他任何人，你将会是我的第一个女孩。

上大学的时候，我发现单身的人越来越少，几乎每个人都交了朋友。班里的一些女同学已经戴上了订婚戒指，她们自豪地在众人面前炫耀。一天，我去了位于商业街的一家珠宝店，并为你挑选了一款很漂亮的戒指。那是一款金钻戒，钻石的下面是一个银底座。我按照自己小指的尺寸买了一个，因为我不知道你戴多大的合适，我想，我们以后还可以更换一个合适的戒指。后来，我一直随身携带着那枚戒指，我想一见面就能把它送给你。

自从那天以后，我就用更多的时间想象你的手是什么样子的。我在脑海中描绘着这样的画面，我握着你的手，看着你的手掌上细微的纹路。我努力想象，你的手是如此纤细，如此柔弱。我经常梦到你用纤细的手指抚摸我的脸庞，你的指尖碰到了我的双唇，我亲吻了它们。

在大学里，我努力学习。我想在毕业以后找到一份好工作，因此我夜以继日地学习。我不想因为自己的无能而让我们过着艰难的生活。大学毕业后，我在保险公司找到了一份薪水丰厚的工作。两年之后，我用积攒下来的钱交了首付，买了一套漂亮的两居室，宽敞的厨房和卧室足够我们两个人使用。我知道，你会喜欢这套房子的。我搬进新家时，没有买太多的家具，只买了生活必需品，因为，我不想在你以后住进来时看到任何你不喜欢的东西。

有时候，我会坐在大门口，凝视着街道，看着来来往往的车辆。有一天，你也许就会坐在其中的一辆汽车中，我期望这一天早点儿到来。

卧室里的那张床一个人睡显得太大了，我不能四脚朝天地躺在上面，也不能睡在正中央。我睡在床的一侧，并且装做你就在我的身旁。多少个夜晚，我几乎听到了你的呼吸声。我在床的一侧翻来覆去，想叫你的名字，然而，我不知道你的名字。我只好称你为

"爱人"。

"爱人？"你对着我微笑。

"与我在一起，你感到快乐吗？等了我这么久，你开心吗？"

你没有回答我的问题，只是伸手抚摸我的双唇和脸庞。我能够感受到你在抚摸我的脸，你能够触摸到我的眼泪。

"我是如此爱你！"

时光流逝，我一直努力想象着你正在做什么。我知道你就在某个地方，我知道注定与我相随的人一定在某个地方，只是需要等待。我知道，如果必要的话，我可以一直等你。我爱你！

在母亲去世的时候，我独自一人处理所有的事情。我与母亲相依为命，这二十多年来，我们在分离中度过了大部分时光。一次过圣诞节的时候，她问我什么时候带个女朋友回家，我无言以对。在那晚接下来的时间里，我甚至不敢正视她的双眼。我是多么希望你能够去看望一下我的母亲啊！她的儿子有这样一个出色的女朋友，她会为此甚感自豪的。那将会是多么美妙啊！

然而，当我看着母亲的灵柩缓缓地被放进墓穴时，自己的身边并没有一个人相伴。我没能带一个女孩子给母亲看，我仍然独自一人。

那晚，我哭了。因为你不在我的身边，你不能抱着我，告诉我一切都会好的，所以我哭了。我无法握住你的手，或是亲吻你的双唇，这一切都无法实现。一直以来，我都没有，或许永远也无法梦想成真。

每天早晨，我看着镜中的自己，眼睛周围的皱纹越来越深，头发也越来越稀少，发际开始后移。我希望你仍然爱我，仍然能够看着我

的脸庞微笑。

护士说道："我想看你笑一笑。"

我笑不出来，我的心很痛。

护士警告说："如果你不对我笑，我就会关掉电视和电灯。"我厌恶她，她总是让我做一些愚蠢的事情，比如微笑和大笑。对于生活中的悲伤，她永远不会理解。

让我一个人待一会儿吧。

"好了，没有电视节目了。晚安，先生。"她关掉电灯，关上门后就出去了。一时间，黑暗笼罩了这间狭小的卧室，外面传来了她走过走廊的脚步声。在脚步声消失之后，我听到的只有来自遥远的内心深处的回音。一滴眼泪滑落到枕头上，然后消失得无影无踪，我的世界变得越来越寂静。

我一个人。

黑暗中只有我一个人。

爱人，你为什么迟迟不肯来到我的身边?

我在等你。

我在等你啊!

我刚刚结束了与你的通话。我希望在你读到这篇文章的时候，我能在你的身旁，然而实现这个愿望还有很长的路要走……

珊蒂，我知道你的心已经属于我，我的心早已被你俘获。

在我的生命里，你就是我一直等待的那个特别的人，我会对你说出那三个字，并向你指出其中的含义。

我明白假如我每天念叨它们，你或许会以为我并不是那个意思。可是请相信我，我所说的每一个字都是我内心深处的真实表白。

你是我能与之共舞的第一个人，是第一个让我有那种感觉的人，是第一个让我吐露心底的秘密而毫无悔恨或遗憾的人。

珊蒂，假如需要的话，我心甘情愿跪下双膝。请让我品尝一次真正的甜美和爱情。

珊蒂，我爱你，你明白我是真心爱你的。赐予我哪怕一天或一刻的时间，我就会因幸福而死……

就到这里吧，我得走了。现在已经很晚了。我很快就会在梦里遇见你，对吗？

再见，珊蒂……我会永远爱你。

嘭嘭嚓，嘭嘭嘭。

在我的身旁，这首歌倾诉着一段夏日恋情，它是那么甜美，以至于现在我还能够回味得到。这是我急切盼望一个女孩触摸的时期，我相信那个触摸必定会让我似热浪中的冰一样融化。

本·E. 金的声音仍然萦绕在我的脑中。在那个夏夜到来之时，为了浪漫和激情，我做好了准备。我盼望着经历多次从收音机和朋友们那里听来的那种爱的感受。我想接近一个女孩，然而并非哪个女孩都可以。我需要一个会让我感觉像刚喝了巧克力热饮那样浑身放松的女孩。她要有一双乌黑闪亮的栗色眼睛。

四周漆黑一片，月光就是我们唯一看到的光亮。那些歌词令我感到自己正朝着那个女孩飞快驶去。我带着纯粹的爱慕和疯狂的爱恋将她一把抱起。不，我不会害怕。只要有她在我的身旁，这已经说出了我的心里话。有她在身旁，世界都能被我征服。

我在思想里过着一种富裕的生活。在那里，她就是王后，而我则是国王。假如我们抬头仰望的天空坍塌，高山化为一片汪洋。不，我不会痛哭流涕。我绝不会流下一滴眼泪，她只需，只需站在我的身旁。除了那些，我不需要任何其他力量。

我在想象中拥她入怀，让她不受世界的伤害，将我的爱植根于她的心中。然而我知道，这一情形在现实生活中出现的可能性微乎其微。

然而在那个夏日，某样东西让一个害羞的男孩转变为一个男人。回首往事，我还是不知道那是什么。或许是本·E. 金的歌声加速了我的成熟。在那个夏日里，本·E. 金抓住了像我本人这般男孩的浪漫情怀。

然而出乎我意料的是，事情发生得如此突然。我们站在她的门廊上，夜空中飘荡着收音机里传来的本·E. 金甜美的歌声。我拉起她的胳膊，让她面向我。我猜那一刻，她明白将会发生什么。

我身体前倾，吻了她，那是一个长久的、深深的、热烈的吻。我像男子汉一样吻着她。然后，我望着她的双眸。她明白我亲吻了她。

那一刻，她仿佛呆住了。因此，我又一次亲吻了她。这一次，我用尽积蓄了整整两年的所有感情亲吻着她。

我们再也没有像那样吻过。实际上，我们再未亲吻过。

那个夏天，她搬了家。然而每当我听到"嘭嘭嚓，嘭嘭嘭"的乐声，就会想到她。甜蜜胜过葡萄酒，轻柔赛过夏日之夜。

亲爱的，请允许我

爱莉克希亚

亲爱的丈夫，请你慷慨地让我拥有一个属于自己的小小世界。如果你发现我在一张纸上乱写乱画，请不要在身后偷偷窥视。我可能只是在发泄一些被压抑的情感，它们长期没有机会倾诉；或者我正试着构思一首小诗，只是现在还羞于见人；或者我在试着描绘一些童年记忆中的影像，它们像彩虹般在我的脑海中熠熠生辉。当我沉浸在这样的心境中，请让我一人独处，任由自己信笔涂鸦。

亲爱的，请不要打扰我。当我对着一些老照片或书信沉思默想、啼笑皆非时，眼里会饱含泪水或嘴角挂着微笑，因为那些都是我遇到你之前发生的事。有欢乐，也有忧伤；有离别，也有相聚，如同咀嚼一枚青涩的橄榄，也如同散落的珍珠闪闪发光。它们都珍藏在我的记忆深处，尽管我愿意与你分享，但我更希望独自徜徉其中。

当我独自外出，与一位挚友聊天时，希望你不要介意。你是我最亲密的朋友，但你不能取代我其他朋友的位置，正如他们也不能取代你一样。就像我对你的需要一样，我也需要他们的关心、鼓励和友善的批评。夜空中，如果只有孤寂的月亮，而没有群星闪耀，会是一片沉闷，了无生气，为何不让闪耀的月光和璀璨的群星交相辉映呢？

　　偶尔，我可能想去一个遥远的地方旅行。当我开始收拾行装时，请不要阻拦我。你是我生命的重心，但不是全部。我渴望去看遥远的山那边的神秘和惊奇。所以，请让我有机会像一个"独行侠"一样，去探索我的"爱丽丝仙境"。不久以后，我会回到你的身边，带着奇特的经历和新颖的见地，我想你定会用全新的眼光来看待我。

　　亲爱的丈夫，只要你能让我拥有这样一个小小的世界，我会对你感激不尽。

假如我知道

艾丝翠得

假如我知道这将是最后一次看你入眠，我会给你把被子掖得更紧，并"恳求上帝，让你的灵魂留下"。

假如我知道这将是最后一次看你走出家门，我会拥抱你，亲吻你，一遍遍呼唤你归来。

假如我知道这将是最后一次听到你的声音在赞扬中高亢，我会录下你的每一个举动，每一句言语，这样我可以日日不停重放。

假如我知道这将是最后一次说"我爱你"，我会腾出时间或停下手头的事来告诉你，而不会自负地以为你已经知道了。

假如我知道这将是最后的时光，我会在你身边。我总以为你还有更多的时间，所以总让这天悄然流逝。

因为我总以为还有明天可以弥补疏漏，我们还有下一次机会让一切变得美好。

总以为还有另一个日子，去说"我爱你"，也总以为还有下一次

机会，去说"我能帮你什么吗？"

但是，万一我错了，我只能拥有今天，我愿意说一千遍一万遍"我爱你"，让我们永不相忘。

明天没有向任何人承诺，年轻人也好，老年人也罢。今天也许是你紧紧拥抱爱人的最后一次机会。

所以，如果你在等待明天，为什么不在今天就行动？因为，如果明天永不来临，你必定会为今天后悔……

你后悔没有腾出更多的时间去微笑，拥抱，亲吻。后悔自己如此忙碌，没有帮别人实现他们最后的愿望。

所以，今天就紧紧拥抱你心爱的人吧，对他们耳语，告诉他们，你深深地爱着他们，并将永远珍惜。

腾出一些时间说句"对不起"，"请原谅"，"谢谢"，"没关系"。

即使明天永不来临，你也不会为今天后悔。

佚　名

最后一封信

　　记得我们初次相识时，你好可爱。我们一起玩打仗，之后你骑到了我身上。

　　我准备下楼时，你就扔爆米花。你躺在地上时，我折回来痛打了你一顿。

　　再次遇见你是在情人节那天，我有一点儿害羞，不知道说什么好。

　　还记得我第一次邀请你和你弟弟来我家玩，开始你不想来，怕看到我的父母和兄弟。

　　你上楼时，我正在玩风信旗。那时我就希望你能这么想："我可以和她玩风信旗吗？"

　　你坐在沙发上调电视频道时，我凝望着你，并希望你没有发现。

　　接着，我们静了下来，开始玩打仗。在打闹中你咬了我，我也咬了你，然后我们抱住了对方。

还记得初吻时，你在椅子上坐着，我在你面前站着。

然而，时间过得真快，你得走了，我在心里说："不，不要走！"

后来，在3月3日那天，你请求我做你的女朋友，我答应了，于是我们成了情侣。我希望我们的爱情之路顺利平坦。

我总记得那个星期天的晚上，你着实让我吃了一惊。你对我说："我爱你。"我问了你很多次，并要你别和我开玩笑了。最后，我还是回应了你，"我也永远爱你。"

两个月后，你说你想离开我了。我对你说不要这样，冷静一下吧。这以后，我们又在一起了，但有时会发生争执。

大约在相识四个月后的一天，我们计划出游，也就在那天，我们大吵了一架，之后就无话可说了。

终于，分手的那天到了。你骂我是泼妇，我气急败坏，起身离开。我站在墙后，祈祷着："上帝啊，别让这段感情就此结束。"

我的眼泪簌簌滑落，你走过来对我说："亲爱的，对不起，别哭了！"

我们一起回到家，你吻了我，我请你离开。

你交了新的朋友，与她们一同游玩。你不知道我多么气愤，还有点儿忧伤。

于是，我终于告诉你，我们不再彼此需要了。

你却说让双方冷静一下，先分开一个月。可对我来说，这一个月就如两个月一样漫长。

后来，你给我打电话，说你很想我、爱我，也很需要我。

我们聊了一会儿，我的态度始终很冷静。你又问我是否愿意回到你身边，我说一切已经无法挽回了。

　　之后，我写道："我和我深爱的男孩分手了，他走他的阳关道，我过我的独木桥。"现在，我仍旧过得很好。

爱在召唤

艾尔梅特拉说："请告诉我们有关爱的事情吧！"

他抬头望着众人，四周一片寂静。然后，他用洪亮的声音说道：

当爱召唤你时，跟随它，虽然它的道路艰难而险峻。

当它展翅拥抱你时，依顺它，虽然它羽翼中的利刃会伤害你。

当它开口对你说话时，相信它，虽然它的声音会像狂风劲扫园中的花朵似的击碎你的梦。

爱虽然可以为你加冕，但也能将你钉上十字架。它虽然可以帮助你成长，但也能将你削砍剪刈。

它会攀至枝头高处，抚慰着你在阳光下颤动的最柔嫩的叶子，但也会潜至你的根部，动摇你紧紧依附着大地的根须。

爱把你像麦捆般聚拢在身边。

它将你脱光，使你赤裸。它将你筛选，使你摆脱麸糠。它碾磨你，直至你清白。它揉捏你，直至你柔顺。

而后，爱用神圣的火烘焙你，让你成为上帝圣宴上的圣饼。

这一切都是爱为你所做，使你能从中窥探自己内心的秘密，从而了解生命本质的一小部分。

但是，在恐惧中，你若只是追求爱的平安与欢乐，那你倒不如遮盖住自己的裸体，躲避爱的筛选，躲进那没有季节之分的世界。

在那里，你会开怀，但不是尽情欢笑；你会哭泣，但不是尽抛泪水。

爱，除了自身别无所欲，也别无所求；爱，不占有也不被占有。

因为，在爱里一切都足够了。

你付出爱时，不要说"上帝在我心中"，而应说"我在上帝心中"。

而且，不要以为你可以为爱指引方向，因为，爱若认为你够资格，它自会为你指引方向。

爱别无他求，只求成全自己。

但如果你爱了，又必定有所渴求，那就让这些成为你的所求吧。

融化自己，使之似潺潺细流，在夜晚吟唱自己的轻曲。

体会太多温柔带来的痛苦。

被自己对爱的体会所伤害，并且心甘情愿地淌血。

清晨，带着一颗雀跃的心醒来，感谢又一个充满爱的日子。

午休，沉思爱的心旷神怡。

黄昏，带着感激之情回家。

睡前，为你心中的挚爱祈祷，唇间吟诵着赞美诗。

父亲给儿子的一封信

佚 名

亲爱的孩子：

当你看到我日渐衰老，昔日的强壮不再之时，请耐心地努力去了解我。

如果我吃东西时弄得一团糟，如果我无法穿戴整齐，请耐心点。你要记得，我教你做这些事情时曾花费了多少时间。

如果，我总是一再重复相同的事情，请不要打断我。请耐心听我说，在你很小的时候，我必须一遍又一遍地重复讲同一个故事给你听，直到你入睡。

当我不想淋浴时，不要羞辱我，也不要斥责我。你要记得，我曾编造了上千条理由，只是为了让你洗澡。

当你看到我对新技术的愚笨无知时，给我一些必要的时间，不要带着嘲讽的笑意看着我。我曾教了你多少事情啊，吃好，穿好，面对生活……

当我在交谈中偶尔忘记了内容，或者思路不清时，让我有一些必要的时间回忆。如果我不能想起，请不要不安，因为最重要的不是我的谈话，而是有你相伴，有你倾听。

如果我有时不想吃东西，不要强迫我，我清楚自己什么时候需要食物，什么时候不需要。

当我衰老的双腿无法行走时，伸出你的手。在你迈出人生的第一步时，我也曾这样帮你。

还有，当我有一天告诉你，我不想再活了，想随风而逝时，不要生气。总有一日，你会明白的，像我这样的年纪，不过是苟延残喘。

总有一天，你会发现，尽管我有许多过错，但我总想给你最好的，并总是设法为你铺好道路。

看到我靠近你时，一定不要感到伤心、生气或无奈，你一定要站在我身边，设法理解我、帮助我，就像在你刚开始生活时我所做的那样。扶着我行走，用爱和耐心帮助我走完人生，我会用微笑和始终给你的宽广的爱来回报你。

我爱你，孩子！

你的父亲

我道歉

佚 名

吃饭时坐在我身后的那位女士——我替我母亲向您道歉。

她并不知道自己正目不转睛地"看您吃东西"。她只能感知她附近的动静以及人们的谈话声。她仅仅是在东张西望，像一个孩子般好奇地看着身边的事物，她无法意识到自己可能会打扰他人。我不会剥夺她来餐馆进餐的快活，尽管她只记得快活。至于快活的原因，恐怕她早已忘了。

那位在杂货店卫生间遇到的女士——我替我母亲向您道歉。

她没能控制住自己的身体。她不知道她遇到了麻烦。她不得不换尿布，她让我帮她。感谢上帝，她不会记得您对那气味或那意外所作的评论。不幸的是，我却记得。

那位排队等候付款的男士——我替我的母亲向您道歉。

她的思想还停留在70年前的世界里。当她称您是位漂亮的黑人时，绝不是要侮辱您，而是想称赞您。您刻薄的语言她根本就听不懂，也不会记得，她只能记得有人冲她大声吆喝。

那些人行道上走在我们后面的孩子们——我替我的母亲向你们道歉。

她只能拖着脚慢慢走路，而不能正常行走。我们走得很慢，她就像我小时候紧紧抓住她的手一样，非常信任地紧紧抓住我的手。她没办法快走，推她、骂她都没有用。她的身体和她的头脑现在都已老化，而且再也不会变好。所以就请安静地从我们身边走过，同时希望你永远不会和你的母亲一起在人行道上缓慢地行走。

母亲的朋友们——我替我的母亲向你们道歉。

她不能记得现在的您。当我们走出家门看到您时，她会把您看成陌生人。她会跟您打招呼，那是因为她天生的和善本性，而不是因为她认出您。然而，一旦她提起你们"就在上周"一起所经历的事情，过去的您，就成了她快乐的源头。

警察——我替我的母亲向您道歉。

我认为她心里明白，她一定出了什么差错，她想回家。这时，她想起的家是70年前位于北卡罗来纳州的一个农场，在那里有她的母亲、父亲和3个姊妹。感谢您在她搜寻她的家时，花费时间去理解她的话，并把她交给我。

我的堂、表兄弟姊妹——我替我的母亲向你们道歉。

她一直深爱着你们——她的侄子、侄女、外甥、外甥女，但是她现在记不得你们了。大部分时间里，她不清楚我是她的女儿。她的身体每天都在退化。但是，当她看到家庭影集时，她对你们的爱没有一点改变。

我的丈夫——我替我的母亲向你道歉。

她一直像爱自己儿子一般爱着你。当你看见她在我们身边一天天衰老退化，我能体会到你所承受的痛苦。我看到了你为她在我们家里腾出了地方，而她连一句感谢的话都没说，甚至没能认可你所做的牺牲。如果没有你的支持，我是做不出这些的。是你对我们母女俩的支持和爱让我能够生活下去。

我道歉……并谢谢所有的人。

朋友一生一起走

　　幼儿园时，好朋友是当你的手中只剩一支丑陋的黑蜡笔时给你红蜡笔的人。

　　一年级时，好朋友是陪你一起去厕所，牵着你的手陪你穿过令人恐惧的走廊的人。

　　二年级时，好朋友是帮助你勇敢地抵抗班上那些欺凌弱小同学的人。

　　三年级时，好朋友是当你将午餐遗忘在公车上时与你分享午餐的人。

　　四年级时，好朋友是那个在体育馆内跳方块舞时与你交换舞伴，让你不必与讨厌的尼克或者苏姗跳舞的人。

　　五年级时，好朋友是在校车后面为你占座的人。

　　六年级时，好朋友是那个走到你喜欢的尼克或苏珊面前，邀请他们与你共舞，即使他们拒绝，也不会让你感到尴尬的人。

七年级时，好朋友是在你需要交社会学科家庭作业的前一天晚上，帮你补习功课的人。

八年级时，好朋友是帮你整理塞满了玩具动物和过期棒球票的房间，让它成为标准的"中学生宿舍"，而后当你感激得流下眼泪也不会嘲笑你的人。

九年级时，好朋友是陪你一起参加高年级同学举办的派对，让你不会因陌生人而感到紧张的人。

十年级时，好朋友是改变原来的计划，留下来与你共进午餐的人。

十一年级时，好朋友是开着新车带你兜风，说服你的父母别把你关在家里，当你与尼克与苏珊分手时安慰你并在舞会上给你介绍朋友的人。

十二年级时，好朋友是帮你挑选大学，让你相信自己能考上大学，当你即将离开父母时，帮助他们调整心态，接受你即将远行这一事实的人。

毕业那年暑假，好朋友是在派对过后帮你收拾干净所有的瓶子，当你与父母闹别扭时帮你偷偷溜出去，保证你和尼克或苏珊重归于好并渡过一切难关，帮助你打点上大学的行装，静静地拥抱你，与你一同含泪回首过去十八年的童年时光，并不断鼓励你，给你信心，让你相信自己能在大学校园里活得如同过去的十八年一样游刃有余，最重要的是为你送行，让你知晓自己是被爱着的人。

雨落，
泛起心上的涟漪

打开生命的窗

佚 名

　　透过我房间的窗子，可以看到一株高大的芙蓉树。它在春日的薄雾中若隐若现，红花点点，甚是迷人。它总能给我灵感，使我文思泉涌。我逐渐把它当成了最好的朋友。

　　然而，一天早晨，当我把窗子打开时，吃惊地发现前夜的那场风雨竟将芙蓉树吹打得落红满地。霎时，那种"花开终有落"的悲凉之感袭上心头，我不禁喟叹：人生之旅，总会有各种牵绊，曲折的经历总会伴随着我们。我曾多次承受与挚友离别的伤感，这随风而逝的花朵不正是脆弱生命的真实写照吗？

　　那天的感触随着时间的流逝在我的记忆中逐渐被淡忘。一天，我从乡下回到家中，觉得室内的空气令人窒息，便随手将窗子打开。眼前的景象顿时让我惊呆了。一棵李子树满树都开了火红的花朵，在落日余晖的映照下显得格外漂亮。这惊奇的发现让我兴奋不已。当初我为落红的芙蓉树悲伤时，却没想到那凄凉景象背后，竟会萌生出如此顽强的生命。

　　当最后一片枯萎的芙蓉花瓣飘落时，人们不再对它赞美欣赏。当李子树成长起来时，那火红的花儿向人们昭示着生命的更迭与繁衍。谁能否认生命原本就是一场得失共存的交响乐呢?

　　我站在窗前，不禁思绪万千。我意识到，生命中没什么恒久不变的风景，只要你的心永远朝着太阳，那么每一个清晨都会向你展现一番美景，等待你去欣赏——这个世界总会带给你新的希望。

月光弥漫

佚 名

我喜欢月亮，她浑圆的面颊、纯净的脸庞和优美的姿态，让我着迷。在清澈的蔚蓝天幕上，月亮在她统治的世界里，如此美丽，如此神秘，又如此迷人。

在月光弥漫的世界里，不再有让人眼花缭乱的阳光，而是一种诗意盎然的情怀，周围弥漫着柔情蜜意。在这个时候，银色的月光常有清风相伴，赋予世界一个独特的表象，赋予人们一种独特的感觉。

空气中弥漫着芳香，白昼的丑陋和肮脏已消失殆尽。月亮用她柔和的银色光芒覆盖了一切丑陋与肮脏之物，也给悲伤和凄楚的人们带来慰藉。

任何人爬到山顶，都会发现崎岖的峭壁转变成了一片片灰白的石头，地球本身就是一片神奇的土地。透过周围暗淡的薄雾，庞大丑陋的深蓝色树林看起来就像神秘而柔嫩的青草，宽大的蔬菜园似乎成了无垠的坦途，高低不平的房子如同可爱的儿童玩具。

如果你唱歌，歌声会传到乡下。甚至当你发出一声低低的叹息时，悲伤的语调也会惊醒睡梦中的人们。如果在月夜唱一首摇篮曲，它的魔力将使整个无眠之城进入梦乡。

　　夜幕笼罩着村庄。树梢上升起一弯月牙，几乎看不到星星。在夜无边的黑暗里，空气湿凉，凝成露珠。

　　我坐在打开的窗户边，欣赏夜色，倾听夜里唯一的夏风之声。大树的影子，像一只只锚定在绿草海洋里的黑色船只。尽管看不到红色或蓝色的花朵，但我知道那里有鲜花盛开。草地的远处，银色的查尔斯河隐约闪现。木桥上传来马蹄声，之后，便是一片寂静，只有夏夜风持续的呼呼声。有时，我分不清到底是风声还是邻近的海声。村庄的时钟敲响了，我觉得自己并不孤单。

　　与城市如此不同！

　　天色已晚，人群也散去了。

　　你踱出阳台，沐浴在凉爽的气息中。夜晚仿佛将你包裹在它湿漉漉的外衣里。

　　阳台下是种着树木的人行道，如同一条深不可测的黑色海湾，

伸入这片寂静的黑夜，在夜色的拥抱中，跟随某个心爱的精灵一同飘走。

灯火依旧明亮，照在长长的街道上，行人走过，留下奇怪的身影，时而变短，时而拉长，直到消失。此时，又有一个新的影子跟随在行人之后，像风车的翼板，旋转着似乎要超过行人。公园的铁门关上了，传来一阵刺耳的叮当声。

外面传来脚步声和喧闹声——骚动声，酒醉的争吵声，火警声，接着一切又归于平静。终于，整个城市进入了梦乡，我们可以欣赏夜晚的景色了。

迟来的月亮跃上屋檐，发现人们都已沉睡，无人迎接它。月光碎了，洒在广场的各处和空旷的街道——棱角分明得像一块块白色大理石。

暴风雨的礼赞

一种沉静的感觉悄然爬上心头，我感到世间万物突然变得安静下来。鸟儿止住了啁啾，树叶不再沙沙作响，昆虫也停止了鸣唱。

干燥炎热了一天的空气，这时渐渐阴沉起来。它悬挂在树梢上，把花朵都压低了，也压在我的肩头。我隐约感到有些不安，于是走到窗前，发现西天边的云朵层峦叠嶂，形成了一座座威严的白塔，直通蓝天。

云朵耀眼的白光瞬间消失。转眼间，棉花糖似的云团像铁砧一般铺展开来，尽显它阴冷的本性。西斜的太阳被它挡住了，于是天早早地暗了下来。紧接着，狂风突起，路上的尘土被它席卷而起，空气变得凉飕飕的，预示着即将到来的一切。

砰的一声，风把一扇房门关上了，窗帘也随之鼓起，在房间里翻腾着。我赶紧跑去关上窗户，收好晾晒的衣服，盖好院子里的家具。这时，隆隆的雷声开始从远处传来。

大滴的雨点开始落下来。雨滴不断地砸入尘土，在窗户上涂上点点印记。它们打在烟囱上，发出"叮叮当当"的响声；砸在露台的顶棚上，也是"乒乒乓乓"直响。树叶似乎也抵挡不住雨点的打压，在风雨中摇曳着不敢抬起头来。人行道也仿佛穿上了一件缀满闪亮的雨滴的外衣。

雨点下落的节奏更快了，叮当声、乒乓声，一阵接一阵，最终成了紧凑的鼓声。点点雨滴也汇成浩荡大军，覆盖了田野和屋顶。就在这时，天堂的感叹号——第一道闪电劈向大地，暴风雨来了！

紧接着的一个霹雳，吓得我跳了起来。这一声雷把窗户的玻璃都震得"格格"作响，小狗也吓得直往床底下钻。第二道闪电来得更近，我吓得毛发竖起，情不自禁地从窗口向后退了一步。此刻，雨点倾盆而泻，愈加猛烈地摆弄着雨点。风雨交织着，毫无顾忌地抽打着树木，打压着小草。雨水溢出了排水沟，从屋顶喷涌而出，不断地泼洒在窗户上。除了雨水，我无法看清外面的世界。真不明白，这么多雨水，怎么会下得如此之急？那么云朵又是如何撑起这巨大重量的？大地又怎能忍耐得了？

我在屋里转来转去，从一个窗口走到另一个窗口。我不禁为窗外的情景惊讶不已：那些紫丁香在暴风雨的攻击下弯了腰，百合花倒伏在地上，山坡的石阶小道变成了一帘全新的瀑布！这时，屋顶上传来"乒乒乓乓"的声音——开始下冰雹了。这些银色的小球在草地上恣意狂舞，落到水洼里溅起许多水花。我开始为菜园、果树和地里的庄稼担心起来。幸好，上帝保佑，这场冰雹还不算大，数目也不算多，不足以造成什么损害。

暴风雨快要结束了。紧张的空气缓和下来，透过雨幕的光线也多起来。暴风雨已经消耗了大部分的精力，那点余威只有到东边的乡间去炫耀了。

　　尽管雨还没有停，我早已禁不住跑到屋外了。四周荡漾着清爽宜人的气息。我尽情地呼吸着新鲜的空气，看着一缕缕穿过云隙的阳光。有一束阳光刚好照在屋檐的水珠上，形成了一条细小的、颤动的七色彩带——这是上天赋予我的独有的彩虹。

　　我小心翼翼地穿过湿漉漉的草地，双脚没在雨水浸泡过的泥土里。阴沟里的小溪满载着昏黄的泥水欢快地奔涌向前，而那些小水洼却早已流入地下，不见踪迹了。每一片树叶，每一片草叶，每块砖头，每片瓦片都被冲洗得新鲜干净、光华艳丽。

　　像大地一样，我也焕然一新，灵魂得到了净化，心情变得平静安逸起来。一时间，忘记了囤积在心里的忧愁和恼恨，似乎它们已经被这壮观的暴风雨冲刷得踪迹全无。

佚 名

迷人的小溪

　　几乎每个人的过去都有一条小溪，一条源于青春之泉、倾诉往事的小溪。公园护林员谈起自己小时候在路易斯安那的一条小溪上游泳、钓鱼时，声音变得柔和了；环保员回想起他在加利福尼亚的斯特罗伯利溪流上筑水坝的年轻岁月时，眼睛发出光芒；当一位俄亥俄州妇女想起自己在父母屋后的小溪里捉小虾时，顿感重返故里。

　　我的小溪在祖父家的杏树园与临近的山边草地之间蜿蜒流淌。小溪两岸覆盖着三角叶杨和红杉，浓密的黑莓和野葡萄藤交织在一起。酷暑时节，我坐在砾石滩上钓鳟鱼，清澈凉爽的溪流就从上面静静流过。

　　虽然，从来不曾有历史性的巨变发生在这些平静的小溪上，但它们却在我们的记忆中永葆青春，预示着它们似乎比我们看到的更为宽广，在我们心目中的分量也比任何气势宏伟的江川更大。

　　小溪的时光是用溪流中奇妙的生灵——隐藏在岩石下的沙斑石蚕

来计量的；午后出现的蜉蝣薄如云翼；鲤科小鱼如同闪闪灵光飞快地游向小溪深处。神秘之物漂浮在树根下的小溪上。

河流因其浑浊和沉积而显得沉重，但小溪却清澈见底、洁净无瑕、喧嚣吵闹，充满梦想和期待。孩子可以涉水而过，父母们完全可以放心。你也可以独自前往，欢快地捉虾米，在岸边挂起绳索荡秋千。小溪属于童年，引领你进入更宽广的世界，教你大地的蜿蜒。

最为重要的是，小溪能给心灵一个机会，去看看水中的另一个世界，走近蝌蚪和鳟鱼。溪水中的漂流之物可能是内部的另一个世界，超越了我们的世界。诗人罗伯特·弗罗斯特曾写道："它在我们之间流淌，超越我们，与我们同在。它是时间、力量、乐章、光芒、生命和爱。"

范·戴克

一撮黏土

很久以前，在一条河边有这样一撮黏土。说起来，它也不过是普普通通的黏土，粗糙笨重，不过它对自己的价值看得很高。它对自己在世界上可能占有的地位怀有奇特的想象，认为只要能得到机会，自己的价值一定会被人们发现。

在这撮黏土的头顶上，明媚的春光里，纤细的花儿和树叶开始绽放，林中一片澄澈碧绿，树木正在交头接耳地讲述它们身上所闪耀的无尽光辉。那种景象就如无数红绿宝石粉末所形成的彩云，轻轻地飘浮在大地上。

花儿们看到这样的美景，非常惊喜，它们在春风的吹拂下探头欠身，相互祝贺："姐妹们，你们出落得多可爱啊，你们给白日增添了多少光辉啊。"

河水也为新力量的加入而感到高兴。它沉浸在水流重聚的喜悦中，不断地用美好的音调向河岸低语，倾诉着自己如何挣脱冰雪的束缚，如何从积雪覆盖的群山奔流到这里，以及它匆忙前往担负的重任——许多水车的轮子等着它去推动，巨大的船舶等着它运送到大海里。

那撮黏土懵懵懂懂地在河床上等待着，不停地用各种远大理想来自我安慰。"我的时运定将来到，"它说，"我不可能长久地被埋没在这里。世上的光彩、荣耀，在一定的时候，肯定会降临到我的身上。"

有一天，黏土发现自己被挪动了，它已经不待在原来长期等候的地方了。它被一个铲土的铁铲挖了起来，然后和别的泥土一起被装在一辆车上，沿着一条非常坎坷的石子路，被送到一个遥远的地方。但是，它没有害怕，也没有气馁，只是在心里暗想："这是必要的步骤，因为通往光荣的道路总是崎岖不平的。现在，我就要到世上去完成我那重大的使命了。"

虽然这段路途非常艰辛，但是比起后来所经受的种种痛苦和折磨来算不了什么。黏土被丢进一个槽子里面，然后是一番掺和、捶打、搅拌和脚踩，那过程真是苦不堪言。但一想到某种美好崇高的事物一定会从这一番历练中产生，它就感到释然。黏土坚信，只要有足够的耐心去等待，总有一天它会得到丰厚的回报。

接下来，它被放到一只快速旋转着的转盘上旋转起来，那种感觉就像自己就要被甩得粉身碎骨了。在旋转之中，似乎有一种神力把它紧紧地揉捏在一起，因此，它虽然经历了头晕目眩的痛苦，但它觉着自己开始变成了一种新的形状。

然后，它被一只陌生的手放进了炉灶。周围有熊熊烈火在燃烧，那可真是痛心刺骨啊，灼热的程度比它在河边经历的所有酷暑还要厉害很多。不过，黏土始终十分坚强，经受了一切考验，挺了过来，并且对自己的伟大前途依然坚信不疑。它想："既然他们对我下了这么大的功夫，那我肯定会前程似锦。也许不是充当庙堂殿宇里的华美装饰，就是成为帝王几案上珍贵的花瓶。"

在烘焙完毕之后，黏土被从炉灶中取了出来，放置在一块木板上面，让它在晴空之下、凉风之中慢慢冷却。磨难已经过去了，回报就在眼前。

木板的旁边便有一泓潭水，水不深也不清，水面上很平静，能把潭边的事物如实地反映出来。当黏土被人从板上拿起的时候，它终于第一次看到了自己的新形状，这就是它历经千辛万苦后所得到的回报，它的全部心愿的成果——只是一只很普通的红色花盆，线条粗糙，模样丑陋。在这个时候，它才发现自己既不可能荣登帝王之家，也不可能进入艺术的殿堂，因为自己的容貌既不高雅也不华贵。于是，它开始埋怨那位无名的制造者："你为什么要把我塑造成这个样子？"

于是，它一连几天都闷闷不乐。接着，它被装上了土，还有另外一件东西——它弄不清是什么，但灰黄粗糙，样子很难看——也被插到了土的中间，然后用东西盖上。这个新的屈辱激起了黏土更大的不满："真是不幸之至啊！竟然被人用来装脏土和垃圾。我这辈子算是没希望了。"

但是，不久之后，黏土又被人放进了一间温室，这里有和煦的阳光，还有人经常给它洒水。于是就在它一天天耐心等待的时候，变化终于来了。有种东西正在它体内萌动——莫非是希望重生？它对此仍然不能理解，也不明白这希望意味着什么。

有一天，黏土又被人从原地搬起，送进了一座宏伟的教堂。它多年的梦想这次终于实现了。它在世上真的是有所作为了。这时，空中传来阵阵音乐，周围百花飘香。但它仍然不明白这一切。于是，它就向旁边跟它一模一样的另一个黏土器皿悄声问道："为什么我被他们放在这里，为什么所有的人都盯着我们看？"那个器皿答说："怎么，你还不知道吗？你现在正载负着一株状如玉杖的美丽百合。它的花瓣如同皎皎白雪，它的花心灿烂纯金。人们的目光之所以集中到这里，是因为这株花是世界上最了不起的，而它的根就植在你的心里。"

这时黏土感到心满意足了，它暗暗地感激它的制造者，因为自己虽然只是一只普通的泥土器皿，但里面装的是一件无比珍贵的宝物。

佚 名

白色的幻想

我一走出门，一片明亮的雪白地毯就映入了眼帘。尽管寒风刺骨，但我内心温暖无比，觉得自己好像能散发出热量。我渴望在这冰天雪地里长久地停留，这种天气是上苍通过环境与我们对话的方式。我做了一个深呼吸，倾听雪儿纷至沓来的脚步声。

我仰望而行，试着去了解是什么使这个日子如此美丽、安宁。似乎时间曾有片刻停滞，我也同它一起；或者，也许我是唯一不曾静止的……

不管怎样，这种孤独如此舒适，我感觉自己飘了起来。我坐在路边倾听，只听见寒风从头顶呼啸而过，卷起一些枯枝落叶，落到几码远的地方。在我看来，这是大自然宽慰的声音，令人难以忘却。

真的开始下雪了，不是零星小雪，而是鹅毛大雪！地面上很快积了厚厚的一层。

该走了，我的幻想也该结束了。当我继续前行，便又回到现实中来，感觉如此平静和澄澈。

此刻，我却不记得自己该前往何方了。

浮云

佚 名

　　电脑上方便是东侧的窗户，我把窗帘拉开。现在我坐在天与地构成的这个神圣的剧场里，正对着远方天蓝色的舞台。邻居家的树上方栖息着一小片云朵，一开始像极了吉米·杜朗特的大鼻子，后来又慢慢散开，向北悄悄荡去。其他的云彩——有大有小，洁白如雪——都跟随着它，不知要往哪儿走。这个美丽的阵列看上去正上下起伏，因为总有那么一两片云朵，要么抬起头来，要么故意沉下去。

　　树在大笑，嘲讽飘过头顶的这些云彩，用树枝一次次地逗弄它们。树一定在想，自己深深地扎根于地面，生命是那么真实，可那些云朵却只像是一捧捧水雾，有时还会遮住阳光布下影子。但在我看来，树也像是云，它们的枝叶就像绿色的云朵，虽然很少移动。和天上飘动的云彩一样，树也会成长，会变化，甚至有朝一日，消失不见。

　　而我自己，不也是一片由各种思想、情感还有欲望组成的云朵吗？难道我表达情感的时候不像云彩洒落雨滴——充满周围的空间？有时候我自己不知道，但我表现在外的样子，在别人看来不也是滑稽可笑的吗？而当我感受到爱情的到来和他人的安慰时，难道不会朝快乐的方向伸开双臂？

倘若云即是万物，万物如云，那感受变迁的风向，随着感情的指示游走，难道不是我们的天性？我们果真像我们自认为的那样内心冰冷？

来吧，让我自在地游逛，让我对着天空歌唱。归根结底，我们都是一样。让我们迎接扑面而来的微风，又能找到我们精神扎根的地方。

现在我重新把窗帘拉上，感觉更平静，更清新。大幕已落——表演结束了，从树站立的位置传来轻轻的掌声。

玫瑰人生路

佚 名

　　试想一朵玫瑰。你能看到粗壮的绿茎上，嵌着少许的小刺，像楼梯或梯子似的排列有序，慢慢伸向盛开的花朵吗？或是当我们将花朵捧近时，看到那颜色、形状各异的柔软、丝滑、光滑的花瓣，温柔地亲吻我们的鼻子，或亲切地拂过我们的脸颊？谁又能忘得了这独特的甜美芳香？那种健康的、养分充盈的、妙曼盛开的玫瑰的气息。

　　同你一样，很久以前我是从一粒种子开始的。不管怎么样，即使是一粒种子，也一定会成长。随着时间的流逝，我变得更加强壮、圆润、匀称，但还是没有准备好被栽植。作为一粒种子，我需要学会忍耐艺术中重要的课程。那是生长在土壤中的一门很有价值的艺术。在我忙着壮大自己的种子，练习耐性的同时，我知道自己随时都可能被栽种。我飞跃般地生长，那速度是发生在一粒种子的生长中的惊人的跳跃。甚至没有意识，没有一个特定的时间，没有任何征兆，我就被栽种了。

我的种子根植在深深的充满养分的黑土中，伸展根须，加固根基。我的根极力向四处延展，为茎做好准备。仓促中，我想强壮我的茎，因为它很快就要开出花朵。"耐性"再一次展露它的头脚，而对于我来说，这次更容易接受。就像重逢旧友，我再次学会如何拥抱忍耐。与此同时，不知不觉中我开始生长，我的茎也开始长高。随着茎的生长，我长了刺。一根粗大坚硬的刺长成了，它根本没办法折掉，也无法让人忽视。这根刺，不仅让我难以忍受，而且表面看来完全物质化是很慢的。这是为什么呢？为什么我会长刺？这并不能带来一点好处。这是不公平的、艰苦的、不能被接受的。我不停地哭泣着。

　　我身上不停生长的刺太引人注目了。随着时间的推移，我学会了将人们的注意力从丑陋的刺上转移到花上。那里才是我希望留住人们目光的地方，也是我可以留住的地方。在我的茎干得以充分浇灌的时候，我的泪水便化作了祝福。感谢上苍，我终于从长刺期挺了过来，我的躯茎继续生长。我不断长大并越来越接近花朵，可是又要停下来了，因为另一根刺出现了。痛苦再一次令我难以忍受，这是不公正的、不公平的。但是后来，我明白了些什么。长出的刺都以正确的角度排列着，超越先前长出的，远离那些新生的来使我继续生长。过程这样周而复始：生长、生刺、另一阶段，生长、生刺、又一阶段，直到最终我成为蓓蕾。

　　作为一个花蕾，我紧紧地包着花瓣，期待着进程在这里停止，享受一些长久奋斗来的花朵。但这是不可能的，因为我依旧觉得不完美。一朵美丽的花朵，却没有完全绽放。考验仍然存在，但是现在却是不同的形式了。不管有怎样全新的方式，一旦习惯了，就会在忍耐中挫败，于是我成长。我的花瓣一个接一个地绽放。玫瑰花，如我想象的那样，孕育出我未预见的东西。如今，这朵花的美丽超出了我的想象，正如当初设想的一样。

玫瑰没有停止它的努力，也从没有停歇过。因为，一朵玫瑰源自一粒种子，渐渐长出根茎，生出刺儿，然后长成另一朵玫瑰。每过一年，就会有另一枝玫瑰加入，年复一年，玫瑰就成了玫瑰园。

所以，精心地种下你的种子，因为你就是形成玫瑰园的一朵玫瑰，作为花束送予他人的一粒种子。

虔诚的心卷

最初的美好

艾琳诺

不论什么事，第一次去做都很兴奋。例如，幼时的第一次蹒跚学步，第一次学游泳。对于年轻人，初恋、初吻或初为父母，都是刻骨铭心、难以忘怀的。

第一印象总是最美好的。这就是一见钟情的原因所在。

一部电影在放映的过程中，不断赢得掌声，它的结局极有可能是令人失望或平淡无奇的。赌徒赢了钱，还逗留不走是希望能更走运，这样反而会让他输掉所有。

生命中很多美好的事物不会出现第二次。它只能作为甜美的回忆，让人在梦中回味。如果真能再次出现，想找回第一次的感觉也是徒劳，甚至反而会破坏心目中原有的美好印象。初恋和新婚之所以甜美，因为那是你第一次经历。

从未品尝过的美食，第一次吃起来总是很可口，若每天都吃，就会腻烦，即使再美味昂贵犹如鱼翅也会索然无味。因此，食谱必须定期地变化。

千篇一律最枯燥乏味。时尚的设计人员要努力翻新花样，有所创新，才能吸引人们的注意力。

要懂得适可而止，给人们留下好印象。做事总会有第一次，但第一次是不会持续的。如果歌星、影星在事业到达巅峰时隐退，背后定会留下一大群崇拜者，这比待到人老珠黄时留给人的印象要好得多。

一项发明或某件事的开创都是最有价值的。例如，人类第一次登月，开创了空间探险的新纪元。新生事物的出现最能吸引公众的注意力。创新的结果就是带来进步，人类一直追求并渴望创造第一次——着手去做以前从未尝试过的事。

生活的真谛

生活不是积分。

你有多少朋友或你受大家欢迎的程度与它无关。

这个周末你是佳人有约还是独自度过与它无关。

你现在正与谁约会，你曾经与谁约会，又与多少人约会，或者你有没有与谁约会，都与它无关。

你曾吻过谁，与它无关。

它也与两性问题无关。

谁是你的家人，他们有多少钱，或者你开哪种车，你在哪儿上学，都与它无关。

你有多漂亮或多丑陋与它无关。

你穿什么样的衣服，有什么样的鞋子，听哪种类型的音乐，都与它无关。

你的头发是金色、红色、黑色或者棕色，或者你的肤色太白还是太黑，都与它无关。

你得了多少分，你有多聪明，别人认为你有多聪明，或者智力标准测试告诉你有多聪明，与它无关。

它不是把你各方面的情况写在一张纸上，然后看谁会"接受书面上的你"，它不是这样。

生活是你爱谁和你伤害了谁的问题。

是关于你故意逗谁开心或惹谁生气的问题。

是关于遵守诺言或者背信弃义的问题。

是关于友谊，把友谊当做一种纯洁的交往还是利用的武器的问题。

是关于你所说的及其用意，是使人痛苦，还是振奋人心的问题。

是关于散布谣言和捏造谈资。

是关于你作出的判断及其原由，还有，你对谁作出的判断。

是关于你对谁带着绝对控制和某些意图的忽视。

是关于嫉妒、恐惧、愚昧和报复。

是关于内心深处的恨和爱、释怀和蔓延。

最重要的是，它是关于你的生活使他人的心灵受到触动还是毒害的问题。

只要你选择了触动他人的心灵，这些选择便是生活的全部。

　　我们享受到内心的宁静，并感到快乐和心满意足时，往往是生活之河平稳地向前流淌之时：拥有一份满意的工作、良好的人际关系、健康的身体和优越的经济条件。当我们没有焦虑和压力，也不繁忙时，便会平静下来。

　　但是，日常生活并不总是如此。我们总会为一些事情焦虑、紧张和不安，无法平静下来。尽管如此，我们仍然可以享受到宁静，而忽略外在的条件。内心的宁静是一种心理状态，并不受外在条件的约束。为什么一定要等到"合适"的环境呢？为什么要让内心的平静取决于外在的条件呢？

　　一个人可能贫穷，也可能富有；可能健康，也可能患病；可能自由，也可能受约束。但内心的平静和安宁每个人都能得到。不管是奴隶，还是自由人，都可能享受到内心的平静。

　　在这个世界上，内心的平静似有似无。但如果摆脱外在条件的束缚，此时此刻你就能感受到。即使在最艰难的条件下，你仍然可以拥有内心的安宁和平静。

思索会让内心平静

我们会产生想法，并会去思考这些想法。我们可以选择忽视它们，去体验内心真正的自由。或者，我们选择用更多的关注去浇灌它们，促使其成长。

当你必须思考时，只选择积极、快乐和乐观的想法。要去思考和想象你真正的渴望，并相信他们迟早会实现。永远记住，生活是由你的思想决定的。

当心灵静默时，你就会拥有一种内心的幸福和外在的快乐。

如果心灵的需要得不到满足，仍能保持静默，这就是一笔巨大的资本和优势。

要使心灵平静，实际上是要从难以抗拒的不断思考中解脱出来。当你懂得了内心平静的价值，就会真正渴望成功，并在追求过程中克服一切阻碍。尽管这是一种内在的能量，但获取它的方式与其他实际目标一样，必须努力和坚持。

大多数人都沉迷在自己的思考中，很少有人能摆脱它，获得身心自由。从我们清晨醒来的那一刻起，脑子里一直在思考，直到晚上入睡为止。思考是人类根深蒂固的习惯，但这种习惯仍然可以改变。

要改变或戒掉一种习惯，我们必须有意识地采取相反方式的行动。不管我们是在学习什么新的技能，都要努力学习，直到它转化成第二天性，变得随心所欲。控制心灵也是如此。

真正控制心灵，并不是仅仅在一种思考上集中注意力，忽视其他思考的能力，而是一种完全净化思考并使其静默的能力。印度有一位伟大的智者说过："心灵只是各种思想的综合，停止思考，表露心灵。"

当一个人真正摆脱了思想的束缚，心灵也就不再受禁锢，从而认清并懂得心灵的幻觉，因为两者是合二为一并且本质相同的东西。当乌云蔽日时，太阳还在，只不过被云遮住了。我们的本质，内心的真我也一直存在，只是需要除去包裹和封套，才能体会到平静和安宁。这些包裹和封套就是我们的思想、观念、习惯和信仰。我并不是让你停止思考，你需要思考来延续自己的生命。我的意思是，你必须控制自己的思考，它必须是你的仆人，为你服务，而不是你的主人。

达到心灵平静的忠告

你不必对这些诸如自我、内在本质、普遍意识等词汇反感，现在，它们对于你来说，也许是些"高深莫测"的词语，但其实不是。它们象征着一些非常实际的东西，而不是一些朦胧的概念。集中精力和冥思苦想会让它们意味深长。精神之路的探索并不是某些人想象中的那些模糊、虚幻和不切实际的东西。通过亲身经历，你就会明白我的意思。

每个人都能学会一种新的语言，但不是每个人都能达到相同的专业水平。每个人都可以塑造体型、画画或者写作，但每个人所达到的水平都会有所不同。这取决于内在的才能、认真的程度和从事这项活动所投入的时间。然而，从这些活动中，每个人都会有所收获。所以，关于解放思想的培训也是如此。

当你感到紧张不安时，试着平静你的思绪。让思绪退后一步，然后静静注视。这样会慢慢平静，让思想放松下来，培养聚精会神的能力和思考方式。所有这些方法都能平定心绪，让心灵宁静下来。

遵循这些建议，并运用上面提到的这些技巧，你将会开始一段奇妙的旅程。多练习、多读这方面的文章和书籍，并坚持训练，总有一天，你可能会遇到一个愿意亲自教你的人。正如谚语所说的，"当学生准备好时，老师就出现了。"

试着关注你一天的思想，好像它们并不属于你，不要陷入其中。要有意识地观察你的思想，这样，有意识地观察能力就会增加。

你必须持之以恒地提醒自己去练习观察你的思想，因为你可能会忘记。不要放弃，你一定会成功。如果你竭尽所能地去锻炼，你将会踏上成功之旅。这可能需要一些时间，但得到的回报会比付出的努力更大。

你也可以通过培养聚精会神的能力、冥思苦想、体育锻炼和正确的呼吸来提高心灵的平静。

最重要的是：锻炼、锻炼、再锻炼。要记住！

你不是你的心智！

你不是你的思想！

你不是你的观念！

你不是你的信仰！

它们都是你的，但都不是你！

它们是你的工具，不要让它们控制你！

隐藏在它们背后的是你——真正的自己。

尽管思想停止，你仍然存在，并没有与世隔绝。当你达到没有任何思想的空虚境界时，你才开始感受到自我的存在和本质的所在。这种虚无充满了一些伟大、精彩、强大和甜美的东西。你开始平静地生活，你的生命之舟航行在平静的海面，这就是纯粹的存在。

当你达到了这种境界，就真正从思想中解脱出来了。

那么，你就真正自由了。

在这种状态下，你不再受任何东西的影响，不再一时冲动地去行动。你变得非常理智、活泼、强壮，能够超越一切。

你存在于这个世界，你的生活还在延续，但你超越了它。

心灵的真正宁静，是启迪智慧的大门。

把心灵的平静当做一种切实可行的事物。通过自我暗示、沉思冥想和聚精会神来平静你的心灵，开始享受心灵的平静吧。

品味现在

黑斯廷斯

在我们内心深处，总隐藏着一片诗情画意的风景。我们觉得自己正处于一次跨越大陆的漫长旅行中。坐在火车上，窗外流动的风景在我们面前一掠而过：附近高速公路上驰骋的汽车；十字路口挥手的孩童；远处山坡上放牧的牛群；电厂排放的袅袅烟尘；成片的玉米地和小麦地；还有，平原、峡谷、山脉和丘陵；城市的轮廓和乡间的农舍。

可是，我们想得最多的还是目的地。某天的某一刻，我们抵达站点，会有乐队演奏，欢迎旗帜飘扬。一旦我们到达了目的地，梦想就会变成现实，而我们破碎的生活会像一幅拼好的画图，变得完美。我们焦躁不安地在车厢里踱来踱去，诅咒火车的迟缓——等啊等，等待进站的那一刻。

"进站时，一切都好了！"我们呼喊着。"我满18岁时""我买了一辆新的450SL奔驰轿车时""当我供最小的孩子读完大学""当我还了所有的贷款""当我退休的时候"，就从此过上了幸福的生活！

　　"品味现在"本身就是一句很好的箴言，再加上《圣经·诗篇》第118章第24行的这样一句话，使它更显特别，"主创造了今天，我们为活在今日而欢欣雀跃。"导致人们疯狂的往往不是今日的沉重，而是对昨日的懊悔和对明日的畏惧。懊悔和畏惧如同一对孪生的窃贼，偷走了我们的今天。

　　因此，别再在车厢内徘徊，不要再计算着余下的行程吧！让我们攀登更多的高山、吃冰淇淋、赤脚漫步、游泳、欣赏日落、多点欢笑、少些泪水吧。让生命活在我们前进的脚步中，那么车站很快就会到达。

孤独

大卫·梭罗

这是一个愉快的夜晚，周身就只有一种感觉，全身的毛孔都浸透着喜悦。我以一种奇异的姿态穿行于大自然，成为了她的一部分。我身着衬衫，漫步于铺满石头的湖滨，虽然天气有些寒冷，云多风也多，但这样的天气对于我却是很适宜的。

牛蛙用呜呜的低鸣声迎来了黑夜，晚风让湖面荡起涟漪，湖面上也传来了夜莺的音乐。赤杨和白杨迎风摇曳，激起我的激情，使我无法呼吸。然而像湖面一样，我的宁静也是水波不兴，如镜面般平静的湖水，不会掀起惊涛骇浪。天虽然已经黑了，可是风还在森林里吹拂咆哮，浪涛依旧拍打着湖岸，某些动物还在奏乐，催使其他动物入眠，这里没有绝对的宁静。最凶猛的动物还没有安静下来，正在寻觅它们的猎物。狐狸，臭鼬，兔子，也还在原野上漫游，在这大森林里，它们一点都不感到恐惧，它们是大自然的守护者，是连接着一个个生机勃勃的白天的链环。

当我回到家里的时候，发现有客人来访过，他们还留下了名片，要么是一束花，要么是一个常春树的花环，要么是在黄色的胡桃叶或木片上有铅笔写下的名字。那些不经常到森林的人喜欢一路上拿些小玩意儿在手上玩，有时是故意的，有时是偶然的就把它们留下了。有一位客人剥下了柳树皮，用来做了一个环圈，放在我的桌子上。我总是可以知道在我出门的时候有没有客人来过，因为不是花枝或青草弯倒了，就是一些脚印被留下了。一般情况下，我还能从他们留下的微妙痕迹里猜测出他们的年龄、性别和性格：有的丢下了花朵，有的抓来一把草又把它扔掉，甚至还有些一直带到半英里外的铁路上才扔掉；也有的时候，这里还残留着雪茄烟和烟斗的味道。我经常从烟斗的味道里注意到六十杆之外的公路上正在行走的旅行者。

应该说我们周围的空间是很大的。我们不可能一伸手就能触摸到地平线。郁郁葱葱的森林或湖泊也并不是就在我的门口，在这中间还有一块我们熟悉而且使用着的空地，多多少少整理了一些，还围了篱笆。我们仿佛是从大自然手中把它索取来的。我有什么理由要占领这么大的范围和规模，为什么这不见人烟、遭受人类遗弃、有着这么多平方英里的森林会归我所有呢？离我最近的邻居在一英里外，见不到什么房子，除非登上半里以外的小山顶举目眺望，才能看见一点房屋。我的地平线被森林包围起来，供我独自享用，望得最远的地方，也只是湖的一端铺设的铁路和湖的另一端沿着山林的公路上围建的篱笆。从大体上看，我居住在这个地方，和生活在大草原上一样寂寞。这里离新英格兰像离亚洲和非洲一样远。可以说，我拥有自己的太阳、月亮和星星，这是一个完全属于自己的小世界。晚上的时候，从来没有人经过我的屋子，或者是敲我的门，我仿佛成了人类的第一个人或是最后一个人；除非是在春天，隔了很长时间，才会有人来钓鱼，而在瓦尔登湖，很显然他们只能钓到自己的本性，而鱼钩也只能钩起黑夜。于是他们很快就走了，常常是带着轻飘飘的鱼篓离开，把"世界留给黑夜和我"，而黑夜的核心从来没有被人类任何一个邻舍亵渎过。我确信，通常人们还是有些害怕黑暗的，虽然妖魔都被绞死了，基督教和蜡烛的火焰也被引进来了。

然而有时我会有这样的经历，在任何一样大自然的事物中，你总能找到最甜蜜、最柔和、最纯真、最让人精神振奋的伴侣，就是对那些愤世嫉俗的人和整天忧心忡忡的人也是一样的。生活在大自然中，只要感官还在发挥作用，就不可能有太深重的忧郁。当我享受着四季的友爱时，不管什么都不会让生命成为我沉重的负担。

常有人对我说："我想你住在那里一定很寂寞，总想着和其他的人接触一下吧，尤其是在下雨下雪的日子和夜晚。"这个问题诱使我想做这样一番解释——我们居住的整个地球，在宇宙中也不过是一个小点罢了。而别的星球，我们用天文仪器还不能测其大小，你想象一下它上面两个相隔最远的居民间的距离又是多远呢？我怎么会感到寂寞呢？我们的地球不是在银河之中吗？在我看来，你提出的是一个最无关紧要的问题。人和人群要被怎样的空间分开才会感到寂寞呢？我已经找到了，人腿再努力也只能让人们走在一起，却无法使他们的心彼此靠近。

大部分的时间里，我都觉得独处有益于身心。与人交往，哪怕是最好的朋友，不久也会让人心生厌烦，精疲力竭。我喜欢独处。我没有遇见过比孤独更好的伙伴了。当我们到国外，跻身于人群当中时，也许会比一个人呆在室内更感到寂寞。一个人正在思考或正在工作时总是孤独的，随便他身处何处。不能以一个人离开他的同伴有几英里远来计算他是不是孤独的。在拥挤的剑桥学院里苦读的学生，只会感觉孤独像沙漠上的一个伊斯兰教托钵僧一样。农夫可以一整天独自呆在田地上，或者在森林中工作、耕地或者伐木，却不觉得寂寞，因为他有活儿干。可是晚上回到家里，他却不能独自坐在房间里思考问题，而必须到能"看见人群"的地方消遣一下，按他的理解，这样做是为了补偿他一天的寂寞，因此他觉得很奇怪，为什么学生们可以一天到晚地呆在教室里而不觉得无聊和"郁闷"。但是他没有意识到，学生坐在教室里学习，就像他在森林中采伐，像农夫在田地里或是在森林里劳作一样，过后学生也会去消遣，也需要进行社交，尽管那种形式可能更简单一些。

　　社交往往是很廉价的，我们相聚的时间是如此短暂，以至于来不及让彼此获得新的长处。我们在一日三餐的时间里见面。大家重新相互品尝我们这些陈腐乳酪的味道。我们必须一致同意若干条礼节习俗，这些是我们所谓的礼尚往来，能够使大家相安无事地相处，避免有失风度的争吵。我们在邮局碰面，在各种社交场合碰面，在每晚的火炉边碰面。我们的生活太拥挤，相互干扰，彼此牵扯到一起，因此我认为，我们之间已经太缺乏相互尊重了。当然，也有重要而热忱的聚会，次数少一点也就足够了。想想工厂中的女工们，生活中永远不会有自己独立的空间，甚至连做梦都不会是一个人。如果一个人能住上一平方英里，就像我住的地方一样，那情况就会好得多。人们交往的价值不在于有肌肤之亲，所以我们没有必要整日地呆在一起。

　　我的房里有我很多伴儿，特别是早上没有人来访的时候。让我举例说明吧——也许用这种方式更能清楚地表达我的状况。我并不比湖中纵声高叫的潜水鸟更寂寞，也不比瓦尔登湖本身更寂寞。我倒是想获知有谁与这孤独的湖做伴？在它湛蓝的水波上，存在的不是蓝色的魔鬼，而是蓝色的天使。太阳是孤独的，除非天上布满了乌云，有时候看上去像有两个太阳，但其中一个是假的。上帝是孤独的，但是魔鬼就绝不会孤独，他看到许多同伙，他要拉帮结派。我并不比一朵毛蕊或牧场上的一朵蒲公英更孤独，我不比一片豆叶、一枝酢酱草，或一只马蝇、一只大黄蜂更孤独。还有密尔溪、风信鸡、北极星或者南风，四月的雨，正月的雪，或者新屋里的第一只蜘蛛，所有这一切的一切，我都不比它们更孤独、更寂寞！

经过了漫长的冬季，春天总会让你有截然不同的感觉。当你的生活被洒上一层阳光时，你感觉有多爽？阳光对我们的精神究竟有怎样的影响？阳光能赋予我们许多安慰、乐观和自信，当然也少不了微笑。设想一下，如果一整年我们都是如此积极，那该多好！

假如你真想拥有这样的生活，是完全可能的。但是为了拥有这样快乐的生活状态，我们必须让阳光发自内心，源自心灵、头脑和灵魂。我确信大部分正在读这篇文章的人都会说："是啊，说着容易做着难！"对此我们该如何回答呢？嗯，最后的决定权在你的手中。假如你确实那样认为，你的生活就会反映出你的那种态度！

为了让"阳光"——或者说是"光明"——成为我们生命的组成部分，我们需要审视自己的思想、言辞以及行为，避免现实中的自己和自己真正想要在生活中创造出的东西产生矛盾，这一点尤其重要。要审视自己的想法，彻底弄清自己头脑中有多少关于自己和周围其他人的消极想法，注意自己是不是与别人闲话连篇，一旦你认识到了这一点，你就会明白其实这些都源自于你自身的嫉妒和不安全感。

你还应该认真地审视自己的"动机"。有多少人为别人做事而不图回报？或许你期待的不一定是物质或身体上的回报，对认可或感谢的期待完全可以为你的"动机"创造条件。好好想想吧！我们或许不会一直关注言行和思想背后的真正动机，因为我们中的许多人并没有认识到动机在创造生活上的力量和影响。

总结所有这些因素，好像我们中的大多数人都在内心创造出了一个怪物，我们仅仅是在谈论、思考，对帮助别人却没有怀着适当的动机去表露真心。一切都源于一种"否定"的态度，而当关系到给生活带来更为明亮的"阳光"时，这些根本不会对我们有所帮助。假如你把一切消极的态度都放在一只手中，并在另一只手中权衡你对"阳光"的需要，你就会明白，这些因素相互之间到底有多矛盾。

勇敢些吧，在这个春天改变你的模式和习惯。唯有这样，你才能让真正的阳光从心底放射，让阳光照进你的生活，也照进你周围人的生活。

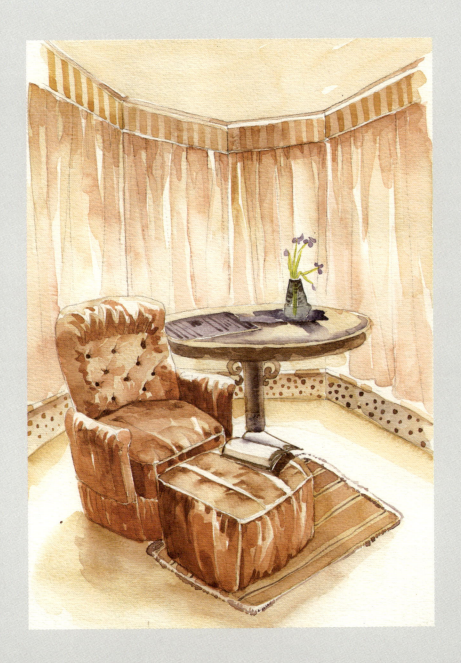

自然

爱默生

一个想要追求孤独的人，不但要离开自己的卧室，还要离开社会。在我阅读和写作之时，尽管无人相伴，可我没有觉得孤独。然而，假如有谁用尽心思追求孤独，那就让他抬头凝望星空吧。那来自天国的光芒，能在他和他生活的天地之间分出一条界限。

你也许会认为，如此的构想简直太棒了：空旷辽阔的大地之上，人们抬头仰视星空，仿佛从中领悟到某种崇高的永恒。从城市的街道看过去，那种场面的确令人肃然起敬！假设天上的星星一千年才出现一次，可想而知他对这上苍的神圣该是何等的崇敬，又该是如何仔细地将它收藏进记忆里好流传千古啊！只可惜，这些美的使者夜夜都会带着劝戒式的微笑降临，将光辉普照整个宇宙。

星星使我们产生的敬畏之心，不是因为它常常高悬于空中，而是因为它的可望不可及。然而，只要拥有一颗包容的心，你就会发现世间万物和人类其实都是心灵相通的。自然从不把它吝啬的一面显露出来，顶尖聪明之人也不会强求打开它全部的奥秘，而会保留好奇之心去探寻它所有的完美之处。

在智者看来，自然永远不会是一个玩物。鲜花、动物、山脉折射出他们的纯真童年，也是他最高智慧的体现。当我们以这种方式来谈论自然时，头脑中自然会产生一种清晰而又极富诗意的画面，这种画面是世间万物在我们的印象中留下印迹的总和。也正是在这种印象的指引下，才会有伐木工手中的是木头，而诗人笔下却是大树的区别。

今天早上我所看到的那一片令人陶醉的景色，毫无疑问是由二三十个农场组成的。米勒占有这一块土地，洛克是那一片田野的主人，树林外面的那一片则归曼宁所有……可是，他们谁都不能拥有这片风景。远处有一块土地，谁也不能将其划在自己的名下，唯有那个既能看见土地又看得见风景的人，才是它真正的主人，而诗人正符合这样的要求。这个地方是农场主所有财产中最值钱的一部分，但按照他们的担保契约却并不是这样的。

坦诚地讲，现在没有多少成年人能真正看得见自然了。大多数人都不看太阳，至少，只是肤浅地看。对成人而言，太阳只照亮了他们的眼睛，对孩子来说，太阳却照进了他们的眼睛与心灵。一个自然爱好者，他外在的知觉和内心的感触是相互和谐的，甚至在他成年以后，依然拥有一颗童心。在他看来，与天地的接触，是日常生活中不可分割的一部分，只要身处大自然中，不管生活中遭遇多大的悲痛，内心总会产生巨大的快乐。大自然说，他是我的杰作，不管他有多少没有原由的悲伤，他都会同我一起快乐。

自然不仅仅赋予我们阳光、夏日、四季的变换，她每时每刻都在给予我们快乐与欣喜。这是因为，每一刻、每一个变化，不管是压抑的正午还是黑暗的午夜，都意味着一种别样的心情。在自然的舞台上，不仅能上演喜剧，也能上演悲剧。

史蒂文森

徒步旅行

　　我们一定不可以像有些人那样，认为徒步旅行来观赏乡村风景不过是一种不错或糟糕的方式。其实观赏山水风景的方法很多，而且都很不错，尽管有一些业余爱好者声称没有一种方法比得上坐火车观赏生动有趣，但是徒步观光是一个十分可行的方法。

　　一个真正有四海之内皆兄弟的信念的人乘船出行时，并不奢求沿途特殊的景观，而是怀着某种愉快之情——从早晨船只充满希望、精神抖擞地出航，到夜晚平安、充实地归航。他说不清是挎上背包时，还是卸下背包时更快乐。启程时的兴奋已将归行的喜悦降落在他身上。不管他做了什么，都是对其本身的奖赏，一定也会在未来得到更丰厚的赏赐。因此，快乐带来快乐，源源不断。关于这一点，只有少数人能够明白。

　　大多数人不是长期待在一个地方不动，就是顷刻数里。他们不会将两者折中，而是终日劳碌奔忙。而且，最重要的是赶路之人不能领悟旅游的乐趣。这种人，自己对着酒罐痛饮时，见到别人用小杯子喝就会心生反感。他不会相信，啜酒才能品出酒的醇香，也不会相信拼命赶路只会让自己变得麻木、冷酷无情，晚上回到客栈感觉筋疲力尽、头脑昏沉。并不像悠闲的漫步者一样，夜晚对他来说并不温和迷人，睡帽与上床大睡是他唯一的要求。如果他是个吸烟的人，甚至连烟斗也会变得索然无味，没有了诱惑力。在追求快乐的过程中，这种人注定要事倍功半，并且最终与快乐无缘。总之，他如同谚语中所说的那种人——走得越远越糟糕。

那么，要好好地享受旅行，徒步旅行者需要力求独自前往。如果你让人陪伴或结伴而行，那就不再是徒步旅行，徒有其表罢了，更像是大自然中的一次野炊。徒步旅行应单独进行，因为徒步出游是自由的，你能随时停下或继续前进，随着自己的心情选择这条路或那条路；因为你必须有自己的步调，既不需要紧跟步履匆匆之人，也无需在女孩身上浪费时间。然后，你一定要抒发自己所有的情怀，让你的所见之物为思想加彩。你应该做一支任风吹奏的笛子。哈兹里特曾说："我不能体会行走与谈论同步的乐趣。当我身在乡村时，我向往简单纯粹的生活，就像村民们一样。"这正是独自旅行的内涵。在你的身边不该有嘈杂之声打破冥想的寂静清晨。一个没有停止思考的人，是不会全身心地陶醉在来自户外的美好景致之中的。陶醉起始于意乱眼迷，思维的停滞，最终进入一种超凡的平和境界。

任何形式的出游，第一天总会有些苦涩的瞬间。当旅者对他的背包感觉更糟，想要把它抛到篱笆之外时，会像基督徒在类似情形下的做法一样，"跳三跳，继续歌唱。"很快他就能获得出游的舒适心境。它会变得有吸引力，出游的精神也会被吸引其中。于是，背包一背上肩，他残留的睡意就会顷刻全无，抖擞精神，大跨步地开始新的旅行。无疑，在所有的心绪中，选择道路时的那种心情是最好的。当然，如果他要继续考虑那些烦心事，如果他向阿布达的箱子敞开胸怀，与女巫同行的话，那么无论他身在哪里，也无论他是疾走还是漫步，他都不会快乐。而且，这给自己的人生带来多少羞愧啊！如果现在有30个人同时出发的话，我敢跟你打赌，在这30个人中，你再不会找到一个脸色忧郁之人。这是一件很值得去做的事情。试想，一个夏日的清晨，这些游者带着夜色，一个接一个地上路了。他们当中有一个步调很快的人，他的目光中带着渴望，全身心贯注于自己的思绪上，原来他正在自发机杼，斟字酌句，将山水秀景再现于文字。有一个人，边走边凝视着草间；他在小河边停下，去看看那里飞舞的蜻蜓；他倾斜着身子依靠在茅屋门前，看不够那安然自得的黄羊群。另外有一个人，他说着、笑着、对自己指手画脚地一路走来。随着他眼中闪现的怒火，或是额头上的阴云，他的脸色在不时地变化着。原来他正在路边构思文稿，表达演说，进行着最热烈的会谈。再过一会，他又极可能引吭高歌。对他而言，假如他在这方面不是很擅长，刚好又在拐角处碰上一个并不木讷的农民，我想不出还有什么比这样的情形更糟糕的事情，我实在不知道是这位民谣歌手更尴尬，还是那位农民更难受。久居于室内的人通常不习惯去那些陌生的地方，也不能理解这些游客的乐趣所在。我认识一个人，他曾被指控为疯汉，因为尽管他已是一个长着红胡子的成年人，但是走起路来像孩子一样蹦蹦跳跳。如果我告诉你，很多学识渊博的学者都向我坦白：他们徒步出游的时候都会唱歌，而且唱得很难听。当他们遇到上面的情况——与一个不幸的农民相遇时，都会羞愧难当，你一定会很吃惊。

忧郁烦躁的日子里

佚 名

　　人人都会有忧郁的时候。这些令人痛苦的日子，会让你感到恶心、烦躁、孤独、身心疲惫，你会觉得自己很渺小，总是被忽视，好像什么事情都做不好。你难以振作，重新开始仿佛是根本不可能的。

　　忧郁的那几天，你会变成妄想狂，好像每个人都会吞掉你一样（其实情况并不总是那么糟）；你感觉失落和忧虑；你会疯狂地咬指甲，甚至在一眨眼的工夫就吃掉一大块巧克力蛋糕！忧郁、烦躁的日子里，你会觉得自己仿佛漂浮在悲伤的海洋里；你会毫无缘由地突然痛哭。最终，你感觉自己在生命中漫无目的地徘徊。你不知道自己还能坚持多久，只想大叫："谁能一枪打死我？"

　　一点儿小事就会带来忧郁、烦闷的一天。也许你一觉醒来，感觉上或看起来不是最好的自己，只是发现又有了新的皱纹，又胖了几斤，鼻子上长了个大痘痘；也许你忘记了约会对象的名字，或被刊登了一张令人尴尬的照片；也许你被人抛弃，离了婚，或被炒鱿鱼，被当众愚弄，被人起低贱的绰号，或每天都留着一头难看的旧发型；或许工作常让你碰壁，在巨大压力之下，你接替了别人的位置，老板对你百般刁难，办公室里的每个人都令你发狂；你也许会头疼欲裂，或摔跤、口臭、牙疼、放屁、嘴唇干裂或指甲长到肉里。无论是什么原因，你都深信，总是有人不喜欢你。哦，该怎么做，该怎么办啊？

如果跟多数人一样，你躲起来，自欺欺人地认为所有的问题都会自动解决，那么你将会用尽余生回头张望，等待做错的事重新来过。同时，你会变得脾气暴躁、愤世嫉俗，或变成可怜巴巴、涕泪横流的受害者。直到你沮丧地躺下来，请求地面将你吞噬，或更糟糕的是，沉溺于比利·乔的歌曲中无法自拔。这真是疯狂，因为你的青春只有一次，绝不会有第二次。又有谁会知道拐角处还藏着什么奇迹呢？

当今世界上充满了令人惊奇的发现。有些事情你甚至无法想象。你可以分享那些有着令人迷醉的香气、美味绝伦的点心。你也许最终会拥有惊人的财富，甚至（某天）成为万人瞩目的超级巨星。听起来不错，是吧？但是等等，还有更多呢！你可以玩游戏或演奏乐器，还可以享受瑜伽、卡拉OK以及狂野、放荡不羁的舞蹈。但是所有的事情之中，最美好的还是浪漫的爱情。这就意味着拥有长久的、梦幻般的凝视，耳边的甜言蜜语，无休无止的拥抱亲吻，一两个爱意绵绵的调皮咬痕，然后可能会发生任何事。这种幸福的感觉就好像滑入一个热气腾腾的泡泡浴池一样。那你怎样才能找到这种感觉呢？很简单。

首先要做的就是不要再逃避那些让你烦恼的事情，是时候去面对了。现在就让自己放松一下，深呼吸（用鼻子吸气，再用嘴呼出）。如果可以的话，试着沉思冥想，或散步清醒大脑。你必须放下感情的包袱，接受现实。试着换一个角度来看待问题，也许问题就出在你自己身上。如果真是如此，那就大大方方地说"对不起"（永远不要觉得太迟而不去做）。如果是他人做错了，那就站出来说："那是不对的，我不会同意。"可以做得强硬一点儿（有时还可以发出嘘声），为自己而骄傲，但不要忘了适度地自嘲（当你和积极的人交往时，这就非常容易了）。把生活中的每一天都当做生命的末日，因为它迟早会来的。不要害怕尝试超出自己能力的事情，要敢于承担巨大的风险，决不退缩，勇敢地走出这一步并努力去做好它。毕竟，生活不就是这样吗？

我也是这样想的。

心灵的平静是智慧宝藏中的一朵奇葩。长久而耐心的自我控制才造就了心灵的平静。它的出现暗示着成熟的经历，也是对思想活动规律更深层次的了解。

一个人是否心平气和，在于他对自己的熟悉程度，因为一定要先了解自己，才能去了解别人。随着了解的深入，他会越来越透彻地观察到事物内部息息相关的因果关系，停止惊讶、愤怒、焦虑或忧愁，从而保持一种泰然自若、镇定、平静的态度。

沉着冷静的人已经学会如何调节自己，也知道如何调节自己与他人交往；相应地，别人也会尊重他的人格魅力，并认为他值得学习，可以依靠。一个人越是心若止水，他的成就、影响力和号召力就越显著。哪怕是一个普通商人，如果在遇到事情时能够很好地自我控制且临危不乱，那么他的生意便会兴隆昌盛，因为人们大都倾向于与一个举止得体、沉着冷静的人做生意。

人们通常会对坚强、冷静的人怀有好感和敬意，这种人如同一棵遮蔽烈日的大树，或是一块抵抗暴风雨的巨岩。"有什么人不爱一颗安静的心，一个温和、平实的生命呢？"不管是大雨瓢泼、阳光灿烂，还是天翻地覆、命运逆转，一切都如过眼云烟，因为这样的人任何时候都是谦和、冷静、沉着的。我们称之为心若止水的平静性格，是修养的最高境界，也是灵魂之花的硕果。它的宝贵能与智慧相媲美，人对它的期待胜过黄金——是的，即便赤金也微不足道。在宁静的生活面前，追逐名利的行为是多么渺小——徜徉在真理的海洋中，潜伏在波涛汹涌之下，躲避暴风雨的侵扰，处在永恒的宁静之中。

"我们身边的许多人将生活搞得乌七八糟，一切美好的事物包括安静的生活都被他们的怒火给毁灭了，并殃及后代！目前的困扰是：大多数人是否由于缺乏自我控制而打破了自己的生活，毁坏了原有的幸福呢？在生活中那种沉着冷静、拥有成熟性格的人，我们能遇到的机率真是小之又小。"

的确，无法控制的激情令人躁动不安，无法抑制的无限悲伤令人起伏不定，焦虑和猜疑令人屡受挫折。在心灵的世界中游刃有余，唯有聪明的人，唯有掌控并净化了思想的人才能做到。

经历过暴风雨考验的人们，不管你们身在何方，不管你们处境怎样，你们都要清楚：在生活的海洋中，幸福的岛屿正向你微笑，阳光照耀的理想之地等待着你去开启。要紧紧握住思想的方向盘，有一个引领你方向的主宰者就在你灵魂的深处。然而他还在沉睡，唤醒他吧。自我控制是力量，正确的思想是优势，沉着冷静是能量。要经常对你的心灵说："平和，安静！"

聆听心灵

从你被带到这个世上的那刻起，便开始聆听自己的心灵。最初两年你不会说话，只能用心去感悟万事万物。

心灵之声是人的潜意识的表达。潜意识总是人的思想观念的二级反映，它评判着世间的是非曲直。当我们违背内心的意愿做了某事时，就会有负罪感，且一生都会为之困扰。

在我们情绪低落或难以忘却那些令自己失望的时刻时，我们需要某种情感和智力支持。我们通常会在最悲伤的时候，向最亲密的朋友和最亲爱的家人倾诉，以减轻精神负担。因为有了支持的听众，我们就可以克服不安和焦躁的情绪。心灵让我们把所有烦恼都埋藏到记忆深处，这样我们会很快恢复活力。

多数时候我们的心灵都是对的，因为它比任何人，甚至比我们更了解自己。它是直觉这个魔鬼的孩子，自小时起，就一直伴随我们。大多时候跟着直觉走是有益的，因为它是我们智力和体力的同步回应。

　　当你试着吸第一支烟时，当你必须在一场辩论中支持一方时，总会觉得有些为难。此时，心灵会自然得出结论，毫不夸张地说，它会为我们以后的生活撒下不愉快的种子。当所有这些问题都出现时，我们要么忽略内心的士气鼓动者，要么融入这个世界，去找寻精神领袖和快乐源泉。

人在旅途，难免有不安与困惑与你同行。不管怎样，你都要继续自己的人生之旅。人生之旅的走法因人而异。有的人步履匆忙，心急意切。他们只关注及时到达目的地，根本无暇观赏路边的风景。可路途漫漫，终点何在呢？有的人像游客，不紧不慢，时而停下来观花开花落，看云卷云舒，时而逆风而行，冒雨而进。他们不会苦恼，因为烦躁与苦恼已从敞开的胸怀中溜走。

狭小的工作场所，拥挤的居住空间，局限的社交圈子——人们对这一成不变的单调越来越不满。然而，如果一个人随遇而安，总能找到安宁与舒适。浩渺的大千世界，一个人只能占据其中微小的一隅。然而，比海洋更宽广的是天空，比天空更宽广的是人的心灵，因为有一对想象的翅膀进驻于这小小的心灵，它可以尽情地飞翔。

当一个人最终得到他想要的东西时，却发现自己已经失去了太多太多，或许他会得不偿失。人生旅途上，一些人带着追名逐利的疲乏之心奋力前行；另一些人则自在逍遥地与自然和谐相处，享受人生。

向恐惧开战

佚 名

我们的勇气并非生来就有，恐惧也是如此。有些恐惧可能是来源于你自身的经历、他人的讲述或从书上读到的东西。像半夜两点独自走在城中危险地段这样的一些恐惧是可以理解的。只要你学会避免这些情况，就不必再惶恐地生活。

即使是最基本的恐惧，也会让我们的雄心壮志彻底粉碎。我们的财富与情感皆会被恐惧所摧毁。如果不加以节制，它也会毁掉我们的生活。恐惧是蛰伏于我们内心的众多敌人之一。

让我跟你说一说我们面临的其他五个内在敌人。

第一个敌人是冷漠，在它袭击之前，你必须先下手为强。而打着呵欠懒洋洋地说："啊哈，就这样吧，我就随波逐流吧。"这是多么可悲的弊病！你永远无法漂至山顶，这就是随波逐流的问题所在。

第二个敌人是犹豫不决。它像一个窃贼，会偷去你的机会和事业。犹豫不决会将你获得美好未来的机会偷走。举起你的剑，同这个敌人决斗吧。

第三个敌人是怀疑。的确，正常的怀疑论仍有保留的余地。你无法相信一切，但也不能事事怀疑。很多人对过去、未来、彼此以及政府心生猜疑，对所有可能的事物和机会也持怀疑态度。最为严重的是，他们连自己也不放过。我要告诉你，怀疑会摧毁你的人生和你取得成功的机会。它会使你的账户出现赤字，让你的心灵干涸。怀疑是敌人，驱赶它，消灭它。

第四个敌人是担忧。我们都会有所担忧，但不要被担忧的情绪所控制。相反，让它成为你的警钟。担忧也会有好的用途。如果你走在纽约的人行道上，有出租车朝你开来，那你就得担心了。不过，你不能让担忧像只疯狗似的将你逼进墙角。你应该利用担忧，并将它们驱至墙角。无论什么想抓住你，你都要抓住它。无论什么攻击你，你都要予以还击。

第五个敌人是过度谨慎。它是一种胆怯的生活方式。胆怯是一种疾病，而非美德。如果你放任它，它就会支配你。胆怯之人是不会有所发展的。在经济市场中，他们难以进步、成长，也难以强大起来。你必须要避免过于谨慎。

向这些敌人开战吧。向你的恐惧发起攻击。鼓足勇气去对抗那些阻碍你的事物，与那些阻挡你实现目标与梦想的事物战斗吧。勇敢地生活，勇敢地追求你想要的一切，勇敢地成为你理想中的人。

朝南

菲尔浦斯

　　曾经有一个老朋友这样跟我说："如果你打算买新房的话，就要在阴天去看房。因为如果阴天时的房子你也喜欢，那晴天的时候就更不用说了。"我们都喜欢阳光。太阳是地球上热量和生命的来源。然而，也有些人故意逃避阳光，他们不把意大利谚语"没有阳光，就有医生"放在心上。接连不断的阴晦天气会让人情绪低落。特别是在这个国家，"朝南"的价值不言而喻。

　　我们不就像房屋吗？只不过我们拥有的是眼睛而不是窗户。但是我们可以随意朝南，朝北，朝东，或朝西。有谁不认识那些朝北的男女呢？他们冷酷，无情，从不让一缕阳光进入他们的灵魂；他们漠然地远离平凡人的快乐和热情；他们打击我们的积极性，对人性缺乏信心，对他人的遭遇也缺乏同情心；他们还把瘸了腿的狗丢弃。我们知道，悲伤或是遇到困难时，向他们求助只能是徒劳。

　　对于大多数人而言，他们恐怕不是朝东就是朝西。有些人喜欢呆在阳光下，有些人则喜欢呆在阴影里。我们容易沮丧，也容易兴奋不已。我们大谈双重性格，却不去挖掘我们的强项。但还是有少部分的人，就像有吸引力的房子一样，是朝南的。只要向他们求助，就一定会成功。他们总能看到事情光明的一面，遇到麻烦就去克服。跟这些人相处，就好像走进了一间充满阳光的房间，你的焦虑和烦闷都会随之消失。他们的格言是："上帝就在天堂，世间一切都很美好。"

快乐的人不一定富有。在我的记忆中，最亲近的人就是姨妈。她居住在一个乡村小屋里，靠每年90英镑的收入维持着其古式的尊贵生活。在生活安逸时，她是一个博学可爱的伙伴；在艰苦岁月中，她又是一个名副其实的靠山和避难所。她会将破碎的一家人从混乱中解救出来；她逐一为无数的亲属和邻里包扎伤口，减轻伤痛；她悉心照顾每一个娇弱的孩子。每当节日来临，她都会适时地从自己的箱子里取出自制的小礼物送给我们。

你一定也认识这样的人。他们不是富人，也不是身体强健或没有悲伤的人。相反，他们曾经历过各种不幸。不过，他们从未改变过看生活的视角，他们坚信一切都会变得美好。在他们的信念中，来到这个世界上就是为了帮助需要帮助的人。这是多大的慰藉啊！我们怀着十足的信心走向他们，带着更愉悦、更美好的心情，迈着稳定的步伐离开他们，决心去战胜一切困难。他们就是"朝南"的人。

简单生活

沃克尔默

那一年，九月的下午，我们五对夫妇各自慢悠悠地划着独木舟，沿着缅因州的萨科河顺流而下，沐浴在夏末的金色阳光之中，无比惬意。岸边的小鹿，啃着小草，摇着白色的尾巴，注视着我们这支小小的船队漂流而过。晚上，我们搭起了帐蓬，烤着牛排，围着篝火懒散地躺着，睡眼朦胧地凝望着满天繁星。有人弹拨着吉他，唱起古老的歌曲："淡泊乃是天资，自由乃是天赐。"

当然了，田园牧歌式的漫游告一段落，我们又驱车回到这个世界，还贷款，忙工作，还有洗衣机塞满了脏衣服。偶尔我也会情不自禁地哼唱："淡泊乃是天资，自由乃是天赐。"我多想活得淡定从容，可哪儿去找呢？

"我们的生命都因为繁杂琐事尽付东流。简单点，简单点。"亨利·戴维·梭罗的警世名言打从老牛犁地、汽船轰鸣的时代就萦绕耳畔，挥之不去。而梭罗自己也不过在瓦尔登湖边自己造的小木屋里度

过两年光阴，他无妻，无子，无所事事——不必为利率高低不同的房屋按揭这类繁杂琐事费劲操劳。

我的生活总被繁杂琐事吸引，好像我的座右铭该是"复杂点，复杂点。"我还发现并非我一个人这么想。然而有一天，我对简单朴素的想法完全颠覆了。

有一天，我去拜访一位物理学家，他的办公室是一座塔楼，矗立于他的家乡伊利诺伊州农场之上。透过窗户，我们看到塔楼下远处的草场上有一座巨大的圆形物——那是实验室方圆几英里的粒子加速器，他解释说："这是一种时间机器。"加速器使得物理学家们能够对混沌初开时的状况加以研究。他补充说，那时的宇宙要简单一些，或许只是一个小圆点，只包含一种能量或一种粒子。而现在的宇宙有着多种能量和几十种粒子，从星球、银河系到蒲公英、大象和济慈的诗文，包罗万象。

就在那个塔楼上，我方才明白：复杂，乃是上帝全盘设计的一部分。

在内心深处，我们感觉到这一点。每每谈到"头脑简单的傻子"时，我们常常带着轻蔑的口吻。谁也不想背上一个"简单化"的罪名。

但对复杂的状态视而不见是危险的。我曾经买过一所房子，由于非常喜欢周围环境，不知不觉之间忽略了可能存在的缺点。房子归我之后，我才发现，要做的事情不胜枚举：需要隔热保温，需要加盖屋顶，需要新的供暖系统，需要新窗户，需要新的化粪池。房子让我不堪重负，修缮的高额费用令我力有不逮，而精神压力则更大，这便是

我不愿正视复杂性的后果。

就连一般的财务问题也不是那么简单，譬如，你的保险单上究竟包括了哪些条款？然而，与道德问题相比，经济学本身还算是简洁明了。

记得十岁那年有一天下午，我无意中成了一帮孩子的校外头目。我知道要马上干一件让他们兴奋的事儿，不然，我这个位子难保。正在此时，我看到了乔。

在孩子里，乔是一个小巨人，高得像埃菲尔铁塔。他们全家从欧洲移民过来，因此他略微有些乡音。

"捉住他！"我叫道。

我这支野蛮的小部队一窝蜂地向乔扑了上去，有人抢走了他的帽子，我们就玩起传球接球游戏。乔跑回家，我拿着他的帽子，活像缴获了一个战利品。

那天晚上，我家的门铃响了。乔的父亲，一个愁容满面、口音浓重的农夫上门讨还乔的帽子，我局促不安地还给了他。"请不要再招惹乔了，"他郑重其事地对我说："他有哮喘病，发作起来很难好的。"

我感到胸口像塞进了一个铅做的垒球。第二天晚上，我走到乔的家，他正在花园里翻土。我走近他，他则警惕地望着我。我问是否能帮上点儿忙。"好吧，"他回答说。从那以后，我经常去帮他，我们成了最要好的朋友。

我向成熟迈进了一步。我在自己身上看到了各种各样的可能性，就像一团缠结不清的电线。红线通向邪恶，要的不过是对他人的痛苦

不理不睬。而白线通向悲天悯人。我的手可能触及所有的电线——一切取决于我所作的决定。我已发现了事物的复杂，其本身是一种机会，我们借此做出选择，得以成长，代价便是承担责任。

也许，这正是我们渴望淡泊简朴生活的一个理由。在某种意义上，我们情愿做个孩子，好让其他人背负责任，穷于应付。

不久前，我参加了某学院的一个讨论会。会上美国国务院的一位官员做了有关国际问题谈判的讲演，之后他又请大家提问题。有个学生问："为什么你们不干脆消除这些可怕的核武器？"这位外交官面无表情地看了她一眼，然后说："这正是我们这个时代的难题——世界上某些最具远见卓识的人正在为此艰苦努力。""那好，那就消灭这些武器吧。"那位学生说。沉默片刻，这位外交官叹了口气，接着说："如果问题这么简单就好了。"叹息背后是问题的种种复杂性，诸如国家安全、国际政治、无法"取消"现有技术的发明等等，不一而足。对我来说，他们的对话寓意在此：在一个复杂的世界里，强求简单朴素愚不可及。

像小麦一样，我们在这块土地上等待成熟。心智上的成熟要靠尽量吸取宇宙万物的复杂性；道德上的成熟有赖于作出决断，有所取舍；精神上的成熟则要凭借我们张大双眼目睹造物主带给我们的繁杂琐事，无穷无尽。

一天下午，我在院子里拾起一片枫树的落叶，近看是黄的，带点红色，斑斑驳驳。伸直胳膊再看，便成了桔黄色，它的颜色取决于我怎么看它。

我对这片叶子的经历略有所知，它吸收阳光，把二氧化碳转化为养料。我知道我们动物所吸入的氧气是这些植物吐出来的，而它们则靠我们呼出的二氧化碳茁壮成长。我还知道，叶子的每一个细胞都有一个脱氧核糖核酸的细胞核，上面刻写着一切关于枫树怎样形成和变化的指令。这一点科学家们比我知道的多得多，但就是他们的知识也不过是对枫树这复杂的知识海洋的浅辄探索而已。

我觉得开始懂得简单朴素的真正意义了。这并不意味着无视那令人眼花缭乱的缤纷世界，或是逃避使我们成熟的选择。"简单点，简单点。"梭罗所指的是简化我们自己。

要做到这一点，可以参照以下几点：

关注意义深远的事务。生活得淡泊不一定非要住小屋、种豆子不可。它只是使我们的生命不至于"因为繁杂琐事尽付东流。"有位教授告诉我集中精力的秘诀："关掉电视，阅读伟大的书籍，它们会为你打开一扇智慧的大门。"

人生之旅步步为营。有一次曾遇到一对夫妇，他俩天生是盲人，有一个三岁女儿和一个婴儿，两个孩子都视力完好。对这样的父母来说，每件事情都是复杂的：给婴儿洗澡，管教女儿，修剪草坪。然而，他们的生活却充满了欢声笑语。我问这位母亲怎样跟踪她那活泼可爱的女儿，她笑答："我在她的鞋子上系上了小铃铛。""那么等小婴儿也会走路了，怎么办呢？"我又问。她微笑着说："每件事都那么复杂，所以不到万不得已，我不会试着去解决某个问题。我每次只承担一件事情！"

降低我们的欲望。英国小说家、戏剧家杰罗姆·克拉普卡的一番话道出了其个人胆识的精神本质。他写道："让你的生命之舟轻巧些，只装上你需要的东西——一个朴实的家，简单恬淡的快乐，一二知己，你爱的人和爱你的人，一只猫，一条狗，烟斗一二，够吃的食品，够穿的衣服，饮料多带一些，因为口干舌燥可是要人命呢。"

不久前，我乘飞机回乡看望住院的父亲，他得了一种记忆逐渐丧失的疾病。我心如乱麻，忧虑忡忡：如何治疗？如何护理？经济负担又如何？

父亲蜷缩在轮椅上，委靡不振。我从前所熟知的父亲面容苍白，已是枯叶飘零，风烛残年。我站在那儿，痛苦迷茫。忽然间，父亲抬起双眼，看到了我。就在那一刹，我在父亲的眼睛里看到了令人惊奇的神采：他认出了我，眼神中充满了爱。父亲老泪纵横，我也是热泪盈眶。

那天下午，父亲似乎从病魔那儿回来了。他玩笑不断，笑声朗朗，我又一回看到我所熟悉的父亲。然后他疲惫不堪，我们把他抱回床上。第二天，他完全不记得我来看过他。第三天夜里便与世长辞。

每一个死亡都是通往神秘造物主的一扇大门，大门开了，但我们所见的只是一片黑暗。在那令人敬畏的时刻，我们意识到，宇宙是多么的浩瀚无穷，繁复杂驳，令人匪夷所思。然而，领悟淡泊生活真正的聪颖天资就在于能够接受世界无穷无尽的错综复杂，接受纷乱困惑。

淡泊简朴的生活尤其需要细细品尝。一张我们所钟爱的面庞，或许，一双闪耀着爱意的眼睛。

虽平淡无奇，却令人回味不尽。

道谢的快乐

佚 名

生活中，我们很少会对与自己生活多年的人表示感谢。实际上，感谢自己最亲密的人——最容易被我们忽视的人，并不一定要等到周年纪念日。如果说我学会了如何表达感谢，那就是：现在就道谢！当你感受到强烈而真挚的感激之情时，说出感谢就能轻易地增添这个世界的幸福。

说出感谢不仅能让他人的世界更明媚，也会点亮你的生活。如果你觉得失落、不被关爱、不被欣赏，那就试着去接触他人，也许这正是你需要的一剂良药。

当然，有时，你不能即刻表达自己的感激之情。这个时候，不要让自己因窘迫而陷入沉默，一旦有机会，就要在第一时间说出来。

从前，有个年轻的牧师，名叫马克·布赖恩。他被派往不列颠——哥伦比亚省一个夸扣特尔印第安人的偏远教区。他被告知，在印第安语中没有"谢谢"这个词。但是，布赖恩很快发现，这些人格外慷慨。他们习惯用自己的馈赠，同等或者更热情的友善来回报别人的帮助。他们用行动来表达感激，而不是说"谢谢"。

如果我们的字典里没有"谢谢"这个词，我想，我们会不会用更好的方式来表达感激呢？我们会不会更积极、更敏感、更在意地做出回应呢？

表示感激会产生连锁反应，会在我们周围的每一个人之间传递——包括我们自己。因为，没有人会误解一颗感激之心的旋律，它如诗歌一般的韵律会跨越世间的一切障碍，传遍世界的每一个角落，它那美妙的旋律令上天也为之动容。

假装的快乐

克拉姆

快乐就像一枚鹅卵石突然掉入池塘中，激起一圈又一圈的涟漪，并不断向外围扩散。正如史蒂文森说的，快乐是一种责任。

快乐没有确切的定义。快乐的理由成千上万，而关键并不在财富或健康。因为我们发现，乞丐、残疾人和所谓的失败者也能过得无比快乐。

快乐会有一种意想不到的收获。而保持快乐的心境是一种成就，是灵魂和性格的升华。事实上，追求快乐并非自私的表现，而是对自己和他人的一种责任。

郁闷就像一种传染病，人们往往对郁闷的人退避三舍。他们很快也会感到孤独、痛苦和难过。但是，有一种看似简单的治疗方法，虽然乍看似乎有些荒谬，如果你觉得不快乐，就假装快乐吧！

这个方法很管用，不久你就会发现，自己会吸引他人，而不是令人反感。你拥有一个以自我为中心的、日趋宽广的友好交际圈。这会是多么有益的事。

于是，假装的快乐就成为事实。你掌握了平和心境的秘诀，并且，在愉悦他人的过程中，自己也变得忘乎所以。

一旦意识到，保持快乐的心境是一种责任，并形成了习惯，它就能开启秘密花园的大门，那里云集着无数满怀感激的朋友。

熟悉的陌生人

佚 名

　　不知何故，对于周围的一切，我们总是熟视无睹，直到哪天司空见惯的东西突然消失时，才惊异不已。

　　比如，每天清晨去上班的路上，我总是注意到或者说看到一个衣着整洁的女人。

　　三年来，不论天气如何，她总是在早上八点左右，等在车站旁。冬天，她穿着厚重的皮靴，裹着羊毛围巾；夏日，则穿着合适的束腰棉质女装，戴着一顶草帽遮住眼睛。她显然是一位职业女性，周身显得干练、沉着、可靠。

　　当然，我想起这些，仅仅是在她消失以后。那时我才意识到自己每天多么渴望见到她，可以说，我很想念她。

　　我很自然地开始猜想她为什么会消失了，意外事故？还是更糟糕的事？现在她不在了，我才感觉自己早就认识她。

　　我开始意识到，在我们的日常生活中，这些熟悉的陌生人是很重要的一部分：每天下午三点都能看到的那个匆匆的行人，每天清晨牵着一只长毛小狗散步的女人，图书馆那对漂亮的双胞胎兄弟……

这些人是我们美丽生活的重要标志，他们强化了我们的方位感和归属感。

想想看，我们走路上班时，会把途经的某个建筑物作为标志，那为什么不把路过的一些不知名的熟悉的陌生人作为标志呢？

毕竟，见到完全陌生的人或事物是旅行者的生活，而我们作为在社区生活的成员，为什么不能说见到熟悉的慢跑者或购物者是生活的标志之一呢？

我想，对于一个身处异地的人来说，最渴望的事，就是看到这些熟悉的陌生人：那个向你点头问好的店主；那个每天载你上下班的公车司机；还有那个每天送孩子上学的母亲。

有时候，我会想，我是否也是某些人眼中熟悉的陌生人呢？

也许，超市的某个购物者每个星期六都会看到我，但并不留心注意我。或者，我以前经常去吃早餐的那家杂货店，柜台后的某个人会注意到我不再去那儿了。

偶尔，你可能会接触到这些熟悉的陌生人。比如，几个月前，我站在咖啡馆门口，一个女士跟我打招呼，"你知道我是谁吗？"她问。我认识她，她是我在诊所里见过很多次的一个病人。我们轻松亲密地交谈——尽管一直没有交换彼此的姓名。

但是，我也记得自己经历过这样一件事，让我体会到熟悉的陌生人的重要性。

有一次，度过一个长假后，我从机场开车回家，总感觉辨不清方向，不知道自己在哪儿。突然，我看到了他——一个穿花呢夹克，戴绿色军帽的老绅士，我曾无数次见他在我家附近散步。

　　噢，我想，见到这个熟悉的陌生人，我终于到家了。

淡然，
人生最美的风景

生活的速度

佚 名

嗖!

跑道上，我超越了一个又一个人。

嗖! 嗖! 嗖!

我是一个跑步者。哦，从专业角度上讲，是一个慢跑者。我常在家附近的跑道上跑步，而跑道上的大部分人都是步行。我的速度称不上是跑步，但比走路要快。

所以，在跑道上，我嗖嗖地超过了一个又一个行人。

我的速度和耐力似乎让行人感到惊奇。有些人会来这里散步一个小时，他们来的时候，我在跑，他们走的时候，我还在跑。我一直在这里跑步，从他们身边经过了二十多次。

今天，在这条跑道上，我得出了生活中的一些启示。

当我用稳健的步伐慢跑，超越电线杆似的行人时，我有一种优越感。我知道你不会，你也不必告诉我。但是，当你不断地超越年轻人时，你也会这么想。

他来了。

他个子不高，大概只有5.3英尺。他不太像一个跑步的人。当我超越一对牵着手的恋人时，看见他从车里出来舒展身体。

他就在我前面几英尺的地方开始跑步。

他跑得很快，我加速跟上。最后，我开始调整我的步伐。半圈以后，我离他很近了，但是我的呼吸越来越急促。一圈下来，我紧紧地跟着他，但始终在他后面。一圈半后，我的脚开始疼起来。

我慢了下来，恢复到原来的速度。这时，脚部的疼痛消失了，我又能正常地呼吸了，不像得了肺病似的喘息沉重。但他已经跑得不见踪影了。

不一会儿，嗖！他从我身边跑过。嗖！嗖！嗖！

生活中，人们的速度有快有慢。有些是天生的能力，有些是经过了艰苦的锻炼。还有一些人，速度就像是与生俱来的。

关键是，每个人都有自己的速度。为了赶超别人，我们常逼迫自己达到能力承受范围之外的限度，结果伤害了自己。

那天，我学到了很多东西。

不要因为你比别人快而沾沾自喜，也不要因为别人比你快而自卑，更不要以貌取人。

你的呼吸（精神）被打乱，有多少是因为你在与别人比赛呢？

你是否尝试着不去和别人攀比汽车、房子、衣服、外表、头衔等？

在试图赶超一个有特定目的、方向和体能的人时，你又在承受多大的痛苦？

你可以放慢速度或者加速前进，但是你应尽自己最大努力跑完你的比赛。

不管你是否意识到这一点，你自己才是真正设定步调的人。

不要在应该跑慢时跑快，也不要在该步行时跑步，更不要在应当飞速奔跑时步行。

　　我们努力想让子女生活得更好，最终却事与愿违。对我的孙儿们，我知道怎么做才会更好。

　　我很想让他们知道，兄长传给我的旧衣服，小时候吃过的家里自制的冰激凌，以及吃剩的肉糕。我的确很想讲给他们听。

　　我的宝贝孙子，我希望你在遭遇失败后懂得谦逊，也希望你能诚实，即使没有人注意你。

　　我希望你能学会整理床铺，修剪草坪，清洗汽车，也希望当你满16岁时，没有人送你新轿车。

　　我希望你能有幸目睹一次牛犊出生的过程，或者在你不得不为老狗送终时有朋友陪伴。

　　我希望你能为自己的信仰与别人打得鼻青脸肿。

　　我希望你能和弟弟分享同一间卧室——即使你在卧室中间画一条分界线也无所谓。当弟弟因为害怕要钻进你的被窝时，我希望你能收留他。还有，当你要去看迪斯尼电影，而弟弟想跟你一起去时，我希望你能带上他。

我希望你能与朋友们一起爬山，如果这项运动在你生活的城市没有任何危险。

如果你想要一把弹弓，我希望你父亲能教你自己制作，而不是给你买把现成的。

我还希望你学会挖泥巴和读书，而当你学会使用电脑时，也应该学会加减法的心算。

我希望吸烟的人在你面前吞云吐雾时，你会感到厌烦。我不介意你喝一次啤酒，但我希望你不会喜欢上它。如果有朋友请你吸含大麻的香烟或其他毒品，我希望你能清醒地认识到他并不是你的朋友。

我当然希望你能抽时间陪爷爷坐在门廊上聊天，或陪叔叔钓鱼。

如果你把棒球扔到邻居的窗户上，我希望你的母亲会责罚你。如果你把以自己的手为原型做成的石膏模型送给母亲，我希望她会拥抱你、亲吻你。

我希望你能饱尝岁月的艰辛、挫折与失望，并希望你努力工作，幸福快乐。

爱的过程

格拉迪斯

　　爱的体验是一种心理状态。沉浸在爱里，你会感到幸福快乐、生气勃勃、自由自在。自我感觉良好，生活就会非常美好。当你把这种爱的体验带进生活时，生活就会变得轻松自如，充满喜悦。

　　爱的反面是恐惧和不安。处于这种状态时，你会深深地陷入绝望，失去创造力和洞察事物的能力；你的视野会变得狭窄，处世方式也会受到影响，这些使你的处境变得更糟。

　　不论你是沉浸在爱里还是陷入到烦恼中，一切并非取决于你的环境，而在于你面对环境的态度。有一个很好的解决方法：正视你的烦恼。

　　烦恼看似因某些事而起，其实不然，它源于你对既成事实的对抗和抵触。为了证实这点，挑一件你生活中最近的烦恼来看看。现在，试想你能坦然面对发生的一切，看看结果会如何？烦恼不存在了。

　　某些事情的发生并不能引起烦恼，导致烦恼的是人们对事实的反抗和抵触。当你不再反抗和抵触时，烦恼也就消失了。

为了生活在爱的海洋里，为了创造高效的生活，你应该停止这种反抗和抵触。你经历的这个过程就叫做：放手。

放手是一种心理活动，它能驱散恐惧和烦恼。从释怀的那一刻起，一切看起来似乎已经改变了，恐惧和烦恼不复存在，你的处境也将截然不同。你变得富于创造力，并能够找到意想不到的解决方法。

放手吧，你需要走到对抗和抵触的彼岸，你需要忘记对生活的渴求和期望，平静地对待生活。

找到你抵触的原因吧！然后接受它的存在。如果你害怕失去某种关系，那就做好心理准备；如果你抵制某人的行为方式，那就在心里允许放任它。

心甘情愿地去接受任何事，从内心深处解放自己，然后，采取一切行动使你的生活变得美好幸福吧。

记住，放手是一种内心状态，与你的行为没有任何关系；放手是一个驱散恐惧和不安的过程，它让你看清自己喜欢怎样的行为方式。

在内心深处，你可以失去某人，但在行为上，你所做的一切，都要让对方感受到爱，让他或她永远不想离开你。

要想轻松地放手，可以采取以下几个步骤。首先是相信，相信无论发生什么事，你都会很好。当你知道自己会安然无恙时，放手就会相对轻松了。

相信也就是说出真相，不论发生什么，你真的不会有事。当你抵触的时候，生活才会充满威胁。所以，停止反抗，去相信吧，相信即使天塌了下来，也有人撑着。

放手的第二个步骤是欣然接受伤痛，乐意去感受痛苦，去体验生活中的失望，体会自认为毫无价值或不尽人意的伤害。

　　逃避这些伤害就是你抵触的根源，而你一旦愿意去体会这种痛楚，抵触就消失了，你可以放宽心怀了。

　　比如说，罗伯特害怕失去妻子简，为了确保她不离开，他牢牢地控制她，却让她与自己越来越疏远。罗伯特害怕失去简，如果她离开了他，他会觉得自己不值得爱。为了逃避这种伤害，他一再纠缠。

　　一旦他准备欣然接受这种伤害，害怕失去简的感觉已不在了，他不再需要纠缠，准备接受她的离去。此时此刻，他们之间的关系已经发生了变化，他不再需要简，而是开始信任她。简感受到他的痴情，又恢复了身心自由，也就不想离开了。

　　这就是生活，你越能坦然接受一切，顺其自然，它就越轻松自在。你不可能事事顺通，但你的内心能潇洒自如。你恢复了内心的宁静，变得更加理智，你就能创造更加美好的生活。

佚 名

永不休憩的工作者

　　一个初冬的早晨，我静静地坐在客厅里。正对着我的墙壁上，高悬着一个时钟。

　　在一片寂静中，一个人很容易放飞思绪，也很容易捕捉到平常很难听到的细微声音，时钟秒针的滴答声就是其中之一。为了完成它的职责，它每分钟都要滴答60次。这是它永不间断的唯一工作。它永远都在忙碌着，因而被称为"永不休憩的工作者"。

　　听着时钟有节奏的滴答声，我突然发现，秒针所发出来的声音、大小和强度并不是始终如一的。

　　我仔细地观察了一番，发现从0秒到30秒，它是在"走下坡"；而从31秒到60秒，是在"爬上坡"。

　　当它"走下坡"时，看起来毫不费力，在地心引力的作用下，它均匀地一步步走下来。当秒针走到20秒时，它就给人一种正在加速的感觉，这段路似乎走得最为轻松。事实上，秒针并没有因是"下坡路"而加快速度。

"爬上坡"似乎需要付出努力，它揭示出成语"力争上游"的含义。当它从31秒开始到60秒时，它就不断力争上游，声音也越来越弱。它似乎在告诉我们，为了达到最高处，它正在聚精会神地默默努力工作。难道你没有见过那些英雄人物埋头苦干时的镇静和坚定吗？

"走上坡"路时，有力的滴答声突然开始变得微弱。这是不是意味着，上帝正通过秒针的滴答声，向我们暗示某种隐藏着的真理呢？

佚 名

你的玻璃杯重吗

一位老师正在给学生们讲解如何处理压力。他把一杯水举起来，问大家："你们估计这杯水会有多重？"

学生们的答案从二十克到五百克不等。

"这杯水的重量其实由你举的时间来决定，而与它的实际重量无关。我要是举一分钟，肯定没问题；但要是举一小时，右臂就会酸疼；若举一天，那你们就该叫救护车了。它的实际重量并没有改变，只是我举的时间越长，就会觉得它越沉重。

"如果我们始终都肩负担子，总会有熬不住的时候，担子也会变得更加沉重。

"你只需放下杯子，歇息一会儿后再举起来。"

我们一定要不时地将负担放下，如此才有利于精力的恢复，继续新的征程。

因此，今晚下班回家后，不要再去想工作的事情，不要把工作压力带回家。你可以第二天再担负起它。

　　不管你此刻肩负怎样的重担，如果可以，都要将其卸下，休息一会儿。

　　生命短暂，尽情享受吧！

纪伯伦 **自由如歌的快乐**

快乐是一首自由的歌，但它不是自由；它是你们的欲望绽放的花朵，但不是它们的果实；它是深谷对高峰的呼唤，然而它既不深沉也不高耸；它是囚禁在笼中展翅的鸟儿，而不是环抱的空间。哦，的确，快乐是首自由的歌。我愿你们全心全意地歌唱它，不愿你们在歌唱时迷失自己的心。

你们年轻人中有一些追求快乐，好像它就是一切，他们已受到判决和谴责。我不会判决他们，也不会谴责他们，我会让他们去寻找。因为他们寻找的是快乐，然而也不单单是快乐。快乐有七个姐妹，她们中最小的也比她柔美。难道你们未曾听说有人在刨树根时发现了宝藏吗？

你们中有一些老年人遗憾地回忆快乐，好像在追悔酒醉后做的错事。但遗憾只会让心灵蒙上阴影，而不是一种惩罚。他们应以感恩之心回忆他们的快乐，好像回忆夏日的收获。但如果遗憾能给他们以慰藉，那就让他们得到安慰吧。

你们中有一些人，既不是喜欢追寻的年轻人，又不是沉湎于回忆的老年人；他们在追寻和回忆的恐惧中逃避一切快乐，唯恐自己忽视或惹怒了心灵。

然而，在他们的前行中也有快乐。

因而，即使他们用颤抖的双手挖掘树根，他们也会找到宝藏。

请告诉我，谁敢惹怒灵魂呢？

夜莺会扰乱夜的寂静，萤火虫会惹恼繁星吗？你们的火焰和烟雾会拖累风吗？

你们以为灵魂是一汪止水，你们用一根木棍就可以搅乱吗？你们通常拒绝快乐，你们只是把追求快乐的欲望潜藏在内心中。

有谁知道，今天被忽略的事，明天会不会存在？甚至你们的身体也了解它的本性和合理需求，而不会被欺骗。

你们的身体是你们心灵的琴弦，它奏出柔美的乐曲，或拨弄出混乱的噪音，全都在你。

现在你们扪心自问："我们将怎样区别快乐中的善与恶呢？"去你们的田野和花园，你们就会明白蜜蜂的快乐在于采集花蜜，对于花朵而言，给蜜蜂提供花蜜就是快乐。因为蜜蜂视花朵为生命之泉，而花朵视蜜蜂为爱之使者。对于两者而言，给予与接受快乐是必需和愉快的。

奥菲里斯城的人们，尽情享受快乐吧，就像花朵和蜜蜂一样！

光明的赠予

在遇到心仪之人前，上帝也许会让我们先遇到其他不合适的人。这样，在我们最终相遇时，便会心存感恩。

当一扇幸福之门关闭时，另一扇便会开启。可多数时候，我们却因过久地凝望那扇紧闭的门，而忽略了为我们新敞开的那扇。

最好的朋友是那些与你心意相通的人，你会觉得你们的相对无言，是最美妙的心灵交流。

只有失去了，才知其珍贵；同样，只有拥有了，才发现其匮乏。这是至理名言。

施与真爱，不求回报，期待爱的传播，享受着对爱的自我满足。迷恋上一个人，需要一分钟；喜欢上一个人，需要一个小时；爱上一个人，需要一天；忘记一个人，则需要整整一生。

切勿追求外表的华美，它是不可靠的；切勿追求财富，它会灰飞湮灭。微笑，可以把光明洒向黑暗之隅，那么，追寻可以使你永远微笑的人，寻找能够使你会心而笑的人吧。

人的一生有许多这样的时刻：当你朝思暮想某人的时候，你恨不得把他从梦境中拉出来，与他真切地相拥于现实中！

生命不可轮回，机会不可再来，在有生之年，做自己想做的事，做自己想做的梦，去自己想去的地方，做自己想做的人吧。

愿快乐永远陪伴你，使你越发亲切可人；愿磨难时常伴随你，使你日渐坚强有力；愿心肺痛彻，令你人性通达；愿希望满怀，令你幸福快乐。

要经常换位思考，如果你感觉伤害到了自己，那么，可能别人也受到了伤害。

最幸福的人不一定拥有最美好的一切，他们只是最充分地珍惜了他们所拥有的一切。

幸福属于那些会哭泣之人，曾受伤之人，不断探索之人。只有他们，才懂得对自己生活有影响的人们的重要性。

爱，起于微笑，浓于亲吻，逝于泪水。

光明的未来往往建立在对过去遗忘的基础之上。如果你总是沉湎于过去的失败和痛心中不能自拔，生活就不可能变得更加美好。

当你呱呱落地时，你哭着，周围的人都笑着。真诚地面对生活，那样，当你走到生命的尽头时，才会是你笑着，周围的人哭着。

请把这些赠予对你的生命至关重要的那些人，那些曾经影响你生活的人，那些给你微笑的人，那些在逆境中使你依然乐观向上的人，那些你想让他们知道你是多么珍惜与他们的情谊的人。即使你没有这样做，没关系，你不会因此倒霉，只是，用这些言语照亮他人生活的机会将与你失之交臂。

　　在当代的曙光下，被选与被爱的艾玛达法，在奥菲里斯城等待来接他返回自己出生之岛的船只，已经十二年了。

　　在第十二年，也就是"收割月"的第七日，他登上没有城墙的山冈，远眺大海。他看到他的航船正从雾霭中驶来。

　　他豁然开朗，喜悦奔腾直达海面。

　　他闭起双眸，在灵魂的静默处祈祷。

　　然而，当他走下山冈时，却有一阵悲哀袭来。

　　他默想：

　　我如何能平静地离去，而不带丝毫哀伤？不，我无法不带着精神上的伤痛离开这个城市。

　　在这个城市中，我度过了多少个漫长而痛苦的日子，又经历了多少个漫长而孤寂的夜晚；谁能够无牵无挂地摆脱痛苦和孤寂？

　　这里的大街小巷都撒满了我心灵的碎片，这里有许多充满朝气与希望的孩子赤足穿梭在山林间，我无法做到毫无负担、毫无伤痛地从这些景物中悄然离去。

今天，我不是脱去一件外衣，而是用自己的手撕下一层皮。

我置之身后的不是一种思绪，而是一颗用饥渴凝结起来的甘甜之心。

然而，我无法再滞留了。

召唤万物的大海在召唤我，我必须启程了。

因为，留下来只会使在黑夜中依然燃烧发热的生命逐渐冷却，结晶成形。

假若能带走这一切，我该有多高兴。

然而，我怎么能够？

唇齿赋予声音飞翔的翅膀，而声音却无法携唇齿同行，它只能独自翱翔天际。

雁鸟必须离开窝巢，才能独自飞越太阳。

现在，他已行至山下，再次面向大海，

看见他的船已驶近港口，水手来自他的故乡。

于是他的心灵向他们呼唤道：

我先人的子孙们，你们这弄潮的健儿，你们曾在我梦中航行多次。

如今，在我苏醒之时，你们翩然而来，也就是我更深的梦境。

我已整装待发，渴望的心早已扬起帆，等待着风起。

只想在这沉静的气氛中再吸一口气，再回首投下深情的一瞥。

然后我就加入到你们中，成为水手中的一员。

而你，浩渺的大海，不眠的母亲，你将是江河与溪流唯一的安宁与自由。

　　这溪流只要再蜿蜒一回，在林中空地低吟一曲，我就会投入你的怀抱，犹如一滴水滴融入无穷的大海。

　　他行走着，看到远处的男男女女都离开了农田与果园，纷纷拥向城门。

　　他听到他们喊着自己的名字，并在田野间奔走相告他的船即将到达的消息。

　　他对自己说：莫非离别之时也是相聚之日？

　　难道我的黄昏实际是我的黎明？

　　我能为那些放下耕田犁具、停下酿酒转轮的人们奉献什么？

　　是以心灵为树，采摘累累果实与他们分享，还是将渴望化作涌泉，倾满他们的杯盏？

　　是做一只万能之手可以弹拨的竖琴，还是一管能让他们的呼吸可以穿过我身躯的长笛？

　　我是个寂寞的追寻者，而在寂寞中究竟寻得了什么，使我得以自信地施与？

　　如果这是我的丰收日，那我又是在哪个被遗忘的季节和哪块土地上播撒下种子呢？

　　如果此刻是该高举我的明灯之时，那灯中燃烧的火焰并不是我点燃的。

　　我举起的灯空虚而黑暗，夜的守护者将为它注满油，点起火。

　　他开口讲述这些，但还有许多未说出的话藏在心间。因为他是一个无法表达自己更深层秘密的人。

他一进城，人们纷纷迎了上来。万人齐声地呼喊着他。

城中的长者跨步上前说道：

请不要离开我们。

你一直是我们黄昏中的正午，你的青春赋予我们美妙的梦境。

跟我们在一起，你并不是陌生人，也不是过客，而是我们的儿子，我们挚爱的人。请不要让我们的眼睛因渴望见到你的面容而酸痛。

男女祭司对他说：现在，请不要让海浪将我们分开，而使你在我们中间度过的时光成为回忆。

你的精神曾与我们同行，你的身影曾是映在我们脸上的光芒。我们一直如此地爱着你，然而，我们的爱悄然无语，被面纱遮掩。

但现在，她大声呼唤你，坦然地面对你。爱的认知，直到分别之际才知道其深沉。

旁人也来挽留他。但他并不做答，只是低首不语，站在他四周的人，看到他晶莹的泪珠滴洒在胸前。

他与大伙一起拥向圣殿前的广场。

此时，一位名叫艾尔梅特拉的女预言家迎出圣殿。

他用极其温柔的目光看着她，因为在他进城的第一天，这女子即来寻找他，并成为他的第一位信徒。

她向他致贺，说道：上帝的先知，至高真理的探索者，你长久以来一直期待你的船，如今船已驶近，你必须离去了。

你是如此深切地向往着你记忆中的大地和企盼的住所；我们的爱

不会羁绊你，我们的恳求也不能留住你。

不过，我们只请求你在走之前，将真理昭示大众。

我们将把它传给我们的子孙，他们再传给他们的后代，使它永不湮灭。

在你独居的岁月中，你观察过我们的生活，在你不眠的时刻，你倾听过我们梦中的哭泣与欢笑。

因此，请让我们有自知之明，告诉我们你所知道的生与死之间的一切。

他回答道：

奥菲里斯城的人们啊，除了此刻激荡于你们灵魂中的事物外，我还能说什么呢?

你的房子里有什么

纪伯伦

在你们打算在城里建房子之前，先用你们的想象力在旷野里建一座凉亭。因为你们在迟暮之年回归家园时，那在远方孤单漂泊的心也会归来。

房屋是你们更大的躯壳，它在阳光下成长，在夜的寂静中安歇，而它并非没有梦想。难道你们的房子没有梦吗？它们不正梦想着远离都市，前往林中或山间吗？

我愿将你们的房子聚集在手中，像播种般将它们撒向森林和草地。

我愿山谷成为你们的街道，绿径成为你们的小巷，这样你们就可以穿过葡萄园彼此寻访，衣上带着泥土的芳香归来。

然而这尚未实现。

因为恐惧，先辈将你们紧密地聚集在一起，如今这恐惧依旧持续着，城墙依旧阻隔着你们的家庭和土地。

告诉我，奥菲里斯城的人们，你们的房子里有什么？你们大门紧闭，是在守护什么？

你们拥有安宁吗？——那足以在沉静的驱动下显出强大力量的平安？

你们拥有回忆吗？——那跨越意志巅峰的依稀闪烁的拱门？

你们拥有美吗？——那将心灵从木石所在之地引向圣山的向导？

告诉我，你们的房子是否拥有这些？或者，其中只有安逸和追求安逸的热望——这鬼祟之物进来做客，却反客为主，成为统帅？

唉！它又化作驯兽师，用铁钩和皮鞭使你们更强烈的欲望变作傀儡。尽管它的手细腻如丝，它的心却坚硬如铁；它哄你们入睡，只为站在你们床边讥嘲肉体的尊严；它嘲笑你们健全的感官，置它们于易碎的容器之下。事实上，对安逸的欲望扼杀了灵魂的激情，而它还在葬礼上咧嘴大笑。

但你们，苍穹之子，只有在安逸中时刻警醒，才不会被诱惑驯化。

你们的房子不是锚，而是桅。它不是掩饰伤口的亮光薄膜，而应是保护眼睛的眼睑。你们不应只为穿过房门而敛起羽翼，不应因怕撞到天花板而低下头颅，也不应因担心墙壁破裂坍塌而屏住呼吸。

不应住在死者为生者筑造的坟墓中。尽管你们的宅邸富丽堂皇，但无法隐藏你们的秘密，无法遮蔽你们的渴望。

因为那以晨雾为门、以黑夜的歌声和静谧为窗的——你们无限的潜能，仍逗留在苍穹中。

假如给我三天光明

海伦·凯勒

如果靠某种奇迹我能恢复三天光明，然后又回到黑暗里去的话，我将把这三天分为三个阶段。

第一天

在第一天，我要看到那些善良的、温和的、友好的人们，是他们使我的生活变得有价值。首先，我想长久地凝望我亲爱的教师——安妮·莎莉文·麦西夫人的脸。当我还是孩子的时候，她就来到我家，给我打开了外面的世界。为了将她珍藏在我的记忆中，我不仅要看她脸部的轮廓，还要仔细研究那张脸，找出同情的温柔和耐心的活生生的例子，她就是靠这些完成了教育我的困难任务。我想从她的眼睛里看出使她能坚定面对困难的坚强个性和她经常向我展露出的对人类的同情心。

我不知道怎样通过"心灵的窗户"——眼睛去探索一个朋友的内心世界。我只能通过指尖，"看到"一张脸的轮廓。我能感觉到高兴、悲伤和许多其他明显的情感。通过触摸他们的脸我可以了解我的朋友们。但是，我无法通过触摸来明确说出他们的个人特征来。当然可以通过其他方法，例如通过他们对我表达的思想，通过他们对我显示的一切行为，来探究他们的个性。但是，我不认为对他们能有更深的了解，只能通过亲眼见到他们，亲眼看见他们对各种思想和环境的反应，亲眼看到他们的眼神和表情即时瞬间的反应来实现。

对于我身边的朋友，我很了解，因为，经过多年的交往，他们已向我显示了自己的各个方面。但是，对于那些偶然遇到的朋友，我只有一个不完整的印象，这个印象还是从一次握手、我用手指触摸他们的嘴唇或他们拍我的手掌的暗语中得到的。

而对于视力完好的你们来说，这就容易得多并且也比较令人满意。你们只要观察他表情的微妙变化，肌肉的颤动，手的摇晃，就可以迅速地抓住这人的基本个性。然而，你曾经想过用你的眼睛刺探一个朋友或是熟人的内在本质吗？你们那些视力完好的大多数人只是随便看看一张脸的轮廓，并且到此为止，这难道不是事实吗？

举个例子，你能准确地描绘出五个好朋友的面貌吗？有些人可以做到，但多数人是做不到的。根据一个试验，我问过许多结婚经年的丈夫，他们妻子的眼睛是什么颜色的？他们通常很尴尬也很困惑，老实承认自己确实不知道。顺便提一句，妻子们大多抱怨他们的丈夫不注意新衣服、新帽子和房间布置的改变。

正常的人们很快就会习惯他们周围的环境，事实上他们只注意奇迹和壮观景象。然而，即使在看最壮观的景色时，他们的眼睛也是懒惰的。法庭的记录每天都表明"目击证人"看到的是多么不准确。不同的证人可以从不同的角度来看同一事件。有些人可以看得更多些，但很少有人能将自己视力范围内的每件事情都收入眼底。

啊，如果我有三天光明的话，我该看些什么东西呢？

第一天将是很繁忙的一天。我要把所有的好朋友们都叫来，好好端详他们的面容，将他们外貌下的内在美深深地刻在我的脑海里。我还要看一个婴儿的面孔，这样我就能欣赏到一种充满渴望、天真无邪的美，它是一种没有经历过生活斗争的美。

我还应该看看我那群忠诚的值得信赖的狗的眼睛——严肃而机警的小斯科第·达基和那高大健壮而又善解人意的大戴恩·海尔加，它们热情、温柔而淘气的友谊使我感到惬意。

在那紧张的第一天里，我还要仔细观察我家里那些简朴的小东西。看看脚下地毯那热情奔放的颜色，墙上美丽的壁画和那些把一所房屋变成一个家的熟悉的小东西。我会充满敬意地凝视我所读过的那些盲文书，不过我将更热切地盼望看到那些供正常人读的印刷书籍。因为在我那漫长的黑夜生活里，我读过的以及别人读给我听的书已经在我面前筑成一座伟大光明的灯塔，向我揭示人类生命和人类精神的最深源泉。

在恢复光明的第一天下午，我将在森林里作一次长时间的散步，让自己的眼睛陶醉在自然界的美丽风景中，我将在这有限的几小时内如痴如狂地享受那永远只能向视力正常人展露的壮观美景。在结束森林散步返家的路旁如果有一个农场，我便能看到耐心的马儿在田间犁地（也许我只能看到拖拉机了）和那些依靠土地生存的人们那宁静满足的生活。我还要为绚丽多彩而又壮观辉煌的日落祈祷。

当夜幕降临之后，通过人类天才的发明——人造灯光，我应该体会到双重的快乐。这是大自然当黑夜来临时，为增强自己的视力而发明的。

在恢复光明的第一天夜里，我不可能睡着，脑海里满是对白天的回忆。

第二天

翌日，也就是恢复光明的第二天，我将黎明即起，看那由黑夜变成白天的激动人心的奇观。我将怀着敬畏的心情去观赏那变幻莫测的壮观景象，太阳正是用它唤醒了沉睡的大地。

我想利用这一天对整个世界的历程作一瞥。我想看看人类进步的壮观景象以及历史的沧桑巨变。如此多的东西怎样才能压缩到一天内看完呢？当然，这只能通过历史博物馆了。我经常参观纽约自然历史博物馆，用手触摸到那里展出的许多物品，但是我多么渴望能用自己的眼睛看一看这经过浓缩的地球历史，以及陈列在那里的地球居民——各种动物以及处于本土环境对不同种族的描摹；看看恐龙巨大的骨架和早在人类出现以前就漫游在地球上的乳齿象，人类就是靠渺小的身躯和发达的大脑征服了动物王国；看看那些展现动物和人类进化过程的逼真画面，和人类用来为自己在这个星球上建造安全居所的那些工具；还有自然历史中许许多多其他方面的东西。

我怀疑有多少本文读者曾仔细观察过在那个激动人心的博物馆里展出的那些栩栩如生的展品的全貌。当然许多人可能没有这样的机会。不过我敢肯定，许多有这种机会的人却没有好好地善用它。那儿确实是一个用眼的好地方。视力正常的人们可以在那里度过无数个充实的日子。而我的想象中，短短的三天光明，只能匆匆一瞥便得离去。

　　我的下一站将是大都会艺术博物馆。就像自然历史博物馆向我们揭示世界的物质方面一样，大都会艺术博物馆将展现出人类精神的各个侧面。在人类历史中，对艺术表达方法的渴望几乎和人类对于食物、住房、生育的热望同等强烈。在这里，在大都会博物馆的巨型大厅里，埃及、希腊、罗马的精神思想通过其艺术表达出来。通过我双手的触摸，我很熟悉古埃及男女诸神的雕像，能感觉到复制的巴台农神庙的中楣，也能感觉出还在发起进攻的雅典武士那种节奏美。阿波罗、维纳斯以及撒摩得拉斯岛的胜利女神都是我指尖的朋友。多瘤又蓄有长须的荷马让我感觉尤为亲切，因为他了解盲人。

　　我的手曾逗留在罗马时代以及更晚期的那些栩栩如生的大理石雕塑上，我的手曾经抚摸过米开朗基罗那激动人心的石膏像——英雄摩西，我也能感知到罗丹的才能，对哥特式木刻的奉献精神深感敬佩。这些能用手触摸的艺术品，我能理解它们的意义，而那些只能看到不能摸到的东西，我只能通过猜测来领悟那一直远避我的美。我可以欣赏希腊花瓶那简朴的线条，然而它的图案装饰我却无法得知。

　　就这样，在我恢复光明的第二天，我就试图通过艺术去刺探人类的灵魂。通过触摸可以了解的东西现在可以用眼睛来看了。宏伟而壮观的绘画世界将在我的面前展开，从带有宁静宗教奉献色彩的意大利原始艺术到具有狂热想象意味的现代派艺术。我要细细观察拉斐尔、列奥纳多·达·芬奇、提香、伦布朗的油画，也想让眼睛享受一下委罗涅塞那绚丽的色彩，研究一下艾尔·格里柯的神秘，并从柯罗那里体会自然的新意。啊，这么多世纪以来的艺术为视力正常的人们提供了多少绚丽的美和深广的意义啊！

　　凭着对这艺术圣殿的短暂造访，我不可能把那只向你们打开的伟大艺术世界里的每个部分都考虑得很清楚，我得到的只能是一个表面肤浅的印象。艺术家们告诉我，如果想真实而深刻地评价艺术，就必须培养自己的眼光，一个人必须从品评线条、构图、形式和色彩的经历中去学习。如果我能看见东西的话，我是多么乐意去着手这件令人着迷的研究啊！然而我被告知，对于你们大多数视力正常者来说，艺术世界是一个沉沉的黑夜，无法探索也难以找到光明。我无可奈何不情愿地离开大都会博物馆，那儿收藏着发现美的钥匙——这种美已经被人们所忽略。然而视力正常的人并不需要从大都会博物馆里去寻找发现美的钥匙。人们在较小的博物馆里，甚至在那些小图书馆书架上的书本里也能找到同样的钥匙。当然了，在我想象中能看见东西的有限时光里，我将选择这样一个地方，在那里，发现美的钥匙可以在最短的时间内打开最伟大的宝库。

　　第二个恢复光明的夜晚，我想去戏院看一场电影。虽然我现在也经常出席各种戏剧表演，可剧情却得让一位陪同拼写在我的手上。我多想用自己的眼睛看一看哈姆雷特那迷人的形象，或者穿梭于绚丽多彩的伊丽莎白式服装的人物之中的福斯泰夫。我多么想模仿优雅的哈姆雷特的每一个动作和健壮的福斯泰夫的每一个昂首阔步。因为我只能看一场戏，这使我进退两难，但是我想看的戏实在太多了。你们视力正常的人可以看你们想看的任何戏，不过我怀疑你们在全神贯注于一场戏、一部电影或别的壮观景象的时候，是否意识到并感激那让你享受其色彩、优美和动作的视力的奇迹呢？

除了在触摸的有限范围内，我无法享受节奏感动作的美。尽管我明白节奏欢快的奥妙，因为我经常通过地板的颤动去感受音乐的节拍，但是我也只能模糊地领略巴甫洛瓦的魅力。我可以想象出那富于节奏感的动作，一定是世间最赏心悦目的奇景之一。我可以通过手指去触摸大理石雕像的线条来感悟这一点。如果静止的美可以如此可爱，那么看到运动中的美肯定更令人振奋和激动！

我最深切的回忆之一是在排练可爱的瑞普·凡·温克尔，约瑟夫·杰弗逊做着动作讲着台词的时候，他允许我触摸他的脸和手。这使我对戏剧世界有了贫乏的一瞥，我将永远不会忘记那一刻的兴奋和欢乐。但是，我肯定还遗漏了许多东西。你们视力正常的人能从戏剧表演中通过看动作和听台词而获得多高的享受啊！就算我只能看一场戏，我也能明白我读过或通过手语字母而进入我脑海的一百场戏的情节。

所以，我想象中恢复光明的第二天的夜晚，戏剧文学中的许多伟大形象将挤进我的梦想。

第三天

　　下一天的清晨，我将再次去迎接那初升的旭日，希望发现新的欢乐。因为我确信，那些能真正看到东西的人肯定会发现，每个黎明都充满了千姿百态、变幻无穷的美。

　　根据我想象中奇迹的日期，这是我恢复光明的第三天，也是最后一天。我没有时间去遗憾或渴望了，那儿有太多的东西要去看。我把第一天给了我的朋友，给了那些有生命和没有生命的人间万物，第二天展现在我面前的是人类和自然的历史。今天我要在现实世界里，在从事日常生活的人们中间度过。除了纽约你还能在别的什么地方发现人类这么多的活动和这样纷繁的情景呢？于是纽约成为我的目的地。

　　我从位于安谧的长岛森林山郊区的家中出发。许多整洁的小屋在绿地、树木、鲜花的拥抱中，充满妇女儿童说笑走动的欢乐声音在四周回荡，这里真是城市劳动者安静的休息场所。当我驱车穿越横跨东河的钢式网状桥时，感觉到了新的激动，感受到人类内心的智慧和力量。河上千帆竞发、百舸争流。如果我以前能看见东西的话，我将用很多时间来欣赏河上的热闹活动。

　　举目前望，面前耸立着奇异的纽约塔，这城市就像是从神话故事的书页中跳出来似的。这是多么令人激动敬畏的奇景啊！这些闪闪发光的尖塔，这些钢和石块构筑的巨大堤岸，就像神为自己修建的一样。这幅有生气的画卷是千百万人每日生活的一部分，我担心很少有人能够注意这些。他们眼睛经常无视这些壮丽景观的存在，因为他们对这些已经太熟悉了。

我匆匆忙忙登上那些大型建筑之一——帝国大厦的顶层，就在不久前，我在那里通过秘书的眼睛"看到"了脚下的城市。我急于把我的想象和真实世界作一次比较。我坚信展现在我面前的这幅画卷绝不会使我失望，因为对于我来说它将是另一个世界的景况。

现在我开始周游这个城市。首先我站在繁忙的一隅，只是看来往的人群，试着从观察中去了解他们生活中的一些东西。看到他们微笑，我也开心；看到他们如此果断，我感到骄傲；看到他们遭受痛苦，我深感同情。

我漫游到第五大道，将视野从聚精会神的注视中解放出来，以便不留意特殊的事物而只看一看瞬息万变的色彩。我相信人流中妇女衣着的色彩，肯定是我最看不厌的灿烂奇观。不过，假如我能看见的话，可能我也会像大多数妇女一样，过分地注重服装的个性化风格和个性化的剪裁式样而忽略宏观色彩的壮美。我还确信我会变成一个橱窗前的常客，因为去观看橱窗中五光十色的美丽商品一定会令眼睛愉悦。

从第五大道开始游览整个城市——我要到花园大街去，到贫民区去，到工厂去，到孩子们嬉戏的公园去。通过访问外国居民我作了一次不离本土的境外旅行。对于开心和伤痛等一切东西我都是睁大眼睛去关心，以便能深刻探索和进一步了解人们是如何工作和生活的。我的心里充满了对人和物的想象，我的目光将轻轻地滑过但不漏下任何一个细小的东西，它力图紧紧抓住它所凝视的每一件事物。有些场景是令人愉快的，让人内心充满了喜悦，可有些情景却使人感到悲哀和忧郁。我不会对后者闭上眼睛，因为它们也是生活的一部分，对它们闭上眼睛就等于关闭了心灵，禁锢了思想。

我恢复光明的第三天就要结束了，可能我应该把这剩下的几小时用于许多重要的探索上，可是我担心在这最后一夜，我会再次跑到剧院去看一出狂喜的滑稽戏，以便能欣赏人类精神世界里喜剧的弦外之音。

到午夜，刚刚从盲人痛苦中得到的临时解脱就要结束了，永久的黑暗将重新回到我的身边。很自然短暂的三天时间，不可能让我看完我要看的全部事物，只有当黑暗重新降临在我的身上时，我才会感到我没有看到的东西实在太多了。不过我的脑海中已经被那壮丽的回忆塞满了，很少有时间去遗憾。今后无论摸到什么物体都会给我带来它是什么形状的鲜明回忆。

如果有朝一日你也将变成一个盲人的话，你或许对我这如何度过三天可见时光的简短提纲提出异议并作出自己的安排。但是，我相信，如果你真的面临如此命运的话，你的眼睛将会向以前从不注意的事物睁开，为即将到来的漫漫黑夜储存记忆。你将会一反常态地去利用自己的眼睛，你所看到的东西都是那么的亲切，你的目光将捕捉和拥抱任何你视野所及的东西，最后你会真正看到一个美丽的新世界在你面前打开。

我作为一个盲人，给你们视力正常的人们一个暗示，给那些充分利用眼睛的人提一个忠告：好好使用你的眼睛就好像明天你就会突然变瞎。这样的办法也可使用于别的官能：好好地去聆听各种声响，鸟儿的鸣唱，管弦乐队铿锵的旋律，就好像你明天有可能变成聋子；去抚摸你想触及的那一切吧，就像明天你的触觉神经就要失灵一样；去嗅闻所有鲜花的芬芳，品尝每一口食物的滋味吧，如同明天你就再也不能闻也不能尝一样。充分发挥每一种官能的最大作用，为这个世界向你展示的多种多样的欢乐和美而高兴吧，这些美是通过大自然提供的各种接触的途径所获得的。不过在所有的官能中，我敢保证视力是最令人兴奋高兴的。

阳光下的时光

布莱德利

"虽然我不富甲天下，却拥有无数个艳阳天和夏日。"

——亨利·大卫·梭罗

写这句话时，梭罗想起孩提时代的瓦尔登湖。

当时伐木者和火车尚未严重破坏湖畔的美丽景致。小男孩可以走向湖中，仰卧小舟，自一岸缓缓漂向另一岸，周遭有鸟儿戏水，燕子翻飞。梭罗喜欢回忆这样的艳阳天和夏日："这时，慵懒是最迷人也是最具生产力的事情！"

我也曾经是热爱湖塘的小男孩，拥有无数艳阳天与夏日。如今阳光、夏日依旧，男孩和湖塘却已改变。那男孩已长大成人，不再有那么多时间泛舟湖上。而湖塘也为大城市所并。曾有苍鹭觅食的沼泽，如今已枯竭殆尽，上面盖满了房舍。睡莲静静漂浮的湖湾，现在成了汽艇的避风港。总之，男孩所爱的一切都已不复存在——只留在人们的回忆中。

有些人坚持认为只有今日和明日才是重要的，可是如果真的照此生活，我们将是何其可怜！许多今日我们做的事是徒劳不足取的，很快就会被忘记。许多我们期待明天将要做的事情却从来没有发生过。

过去是一所银行，我们将最可贵的财产——记忆珍藏其中。记忆赐予我们生命的意义和深度。

真正珍惜过去的人，不会悲叹旧日美好时光的逝去。因为藏于记忆中的时光永不流失。死亡本身无法止住一个记忆中的声音，或擦除一个记忆中的微笑。对现已长大成人的那个男孩来说，那儿将有一个池塘不会因时间和潮汐而改变，可以让他继续在阳光下享受安静时光。

一片宁静的心境

李普曼

只在我头上灌注宁静的蜜露。赐予我一片不受干扰的心境。

曾经，当我是一个充满了丰富幻想的年轻人时，着手起草了一份被公认为人生"幸福"的目录。就像别人有时会将他们所拥有或想要拥有的财产列成表一样，我将世人希求之物列成表：健康、爱情、美丽、才智、权力、财富和名誉。

当我完成清单后，我自豪地将它交给一位睿智的长者，他曾是我少年时代的良师和精神楷模。或许我是想用此来加深他对我早熟智慧的印象。无论如何，我把单子递给了他。我充满自信地对他说："这是人类幸福的总和。一个人若能拥有这些，就和神差不多了。"

在我朋友老迈的眼角处，我看到了感兴趣的皱纹，汇聚成一张耐心的网。他深思熟虑地说："是一张出色的表单，内容整理详细，记录顺序也合理。但是，我的年轻朋友，好像你忽略了最重要的一个要素。你忘了那个要素，如果缺少了它，每项财产都会变成可怕的折磨。"

　　我立即暴躁地逼问："那么，我遗漏的这个要素是什么？"

　　他用一小段铅笔划掉我的整张表格。在一拳击碎我的少年美梦之后，他写下三个单词：心之静。"这是上帝为他特别的子民保留的礼物。"他说道。

　　他赐予许多人才能和美丽。财富是平凡的，名望也不稀有，但心灵的宁静才是他允诺的最终赏赐，是他爱的最佳象征。他施予它的时候很谨慎。多数人从未享受过，有些人则等待了一生——是的，一直到高龄，才等到赏赐降临他们身上。

纵情起舞，就像无人观看

佚名

我们一直在说服自己，等我们结了婚，有了孩子，然后再生一个，生活会更好。随后，我们立刻又会心生烦恼，嫌孩子太小，想着等到他们长大一些，我们就会更满足。不久，我们又会灰心丧气，不得不应付青春期的孩子，又想着等到孩子们过了这段时期，我们理所当然就会觉得幸福。

我们一直在告诉自己，当我们的配偶振作起来，当我们拥有一辆性能更优良的轿车，当我们能去度一个精彩的假期，当我们离休之后，我们的生活就会变得和谐美满。实际上，感受幸福生活的最佳时机莫过于此时此刻。如果不是此时此刻，那又是何时呢？我们的生活充满着挑战。最好的解决办法就是让自己接受事实，无论如何都要心情愉悦。

我很喜欢艾尔弗雷德·D. 苏泽的一段话。他说："长久以来，我感到生活——真正的生活即将拉开帷幕。然而，障碍总是不期而

遇，先要去做某件事情，比如未完成的工作、有待安排的时间、需要偿清的债务，随后生活才会真正开始。最后，我终于明白，这些障碍本身就是我生活的一部分。"

这个观点让我认识到，根本不存在通往幸福的道路。幸福本身就是道路。所以，珍惜你拥有的每时每刻。珍惜你与某个特别的人分享的这一时刻。因为这个人很特别，值得你与之共享这一时光。谨记，时间不等人！

所以，不要再白白等待了，直到你结束学业，直到你返回学校，直到你的体重减轻了10磅，直到你的体重增加了10磅，直到你有了孩子，直到孩子们离家开始独立生活，直到你开始工作，直到你离休，直到你结婚，直到你离婚，直到星期五的晚上，直到星期天的早晨，直到你买了新车或搬了新的住所，直到你购车或购房的贷款完全偿清，直到冬去春来，直到夏过秋往，直到你不再享受福利，直到下个月的1号或这个月的15号，直到该你上台一展歌喉，直到你举杯痛饮，直到你清醒过来，直到你辞世，直到你重降人间，才懂得原来此时此刻才是最应该快乐的。

幸福是一次旅程，不是终点。

尽情工作吧，仿佛你根本不需要钱；

放手去爱吧，仿佛你从未受过伤；

纵情舞蹈吧，就像无人观看。

青春

厄尔曼

青春不是年华，而是心态；青春不是粉面、红唇、柔膝，而是坚强的意志，恢弘的想象，炙热的恋情；青春是生命深泉的自在涌流。

青春气贯长虹，勇锐盖过怯弱，进取压倒苟安。如此锐气，二十后生而有之，六旬男子则更多见。年岁有加，并非垂老，理想丢弃，方堕暮年。

岁月悠悠，衰微只及肌肤；热忱抛却，颓废必致灵魂。忧烦、惶恐、丧失自信，定使灵魂扭曲，意气如灰。

无论年届花甲，抑或二八芳龄，心中皆有生命之欢乐，好奇之冲动，孩童般天真久盛不衰。

你我心中都有一台天线，只要你从天上、人间接受美好、希望、欢乐、勇气和力量的信号，你就会青春永驻，风华常存。

一旦天线坠下，锐气便被冰雪覆盖，玩世不恭、自暴自弃油然而生，即使年方二十，实则垂垂老矣；然而只要竖起天线，捕捉乐观信号，即使八十高龄，行将告别尘寰，你也会觉得年轻依旧，希望永存。

彼岸无尽头，知足才常乐

佚 名

很多人都认为，只有实现了自己既定的目标，我们才会幸福快乐。目标因人而异：有的人想拥有万贯家财；有的人想把令人厌烦的十几磅肉减掉；还有些人想觅到心仪的伴侣，获得一份较好的工作，开一部漂亮的车子，或拥有一份理想的职业，这些都可以是一个目标。不管你的目标是什么，有一点是肯定的——只要达到了目标，你就可获得梦想中的安静与平和，你也一定会快乐、心满意足。

可事实往往并非如此。多数时候，当你达到彼岸时，仍不会满足，而且又会有新的憧憬。你总是劳心费神地去追求一个又一个目标，却从不用心去欣赏和珍惜当前拥有的一切。每个人都有不满足现状的欲望，重要的是——头脑要时刻保持清醒。一方面，你的梦想和渴望使你的生活更丰富多彩；另一方面，这些欲望又驱使你越来越远离现有生活中的欢愉。

人们从远古时代开始便苦苦探究这一问题——我们如何能活在现

实中。林林总总的幻想和憧憬始终在诱惑着我们——更多的荣耀、美貌和声誉。因而，这也是现代社会所面临的一个严峻挑战。若你知道感恩，就可真切地生活在现实中。

感恩是指对所拥有的一切和所处的人生境遇怀有感激之情，并懂得珍惜。你的心会因存有感恩而满溢愉悦，人生道路上的种种感受你都能亲身体验。如果你极力地将目光定格在现实当中，你就能体会到它的美妙之处。培养感恩之心的方法很多，建议你试试以下几种：

试想你丧失了目前正拥有的一切，你的生活将会如何？你肯定会追悔不已——你是那么喜爱和珍惜这一切。

每天，将你感激的事物罗列出来，这样你就会意识到自己有多么幸运。天天都这么做，尤其在你觉得没什么可感激之时。或者，你也可以在睡前花几分钟对所拥有的一切表示感激。

花点时间向那些不如你幸运的人伸出援助之手，这样你可以对生活有更深刻的认识。

然而，你采取哪种方法学会感恩并不重要，努力去欣赏和珍惜你拥有的一切才是最为重要的，这样你就可以更幸福地享受当前的生活。

富足的生活方式

佚 名

富足是一种生活方式，是一种经营你自己生活的方法。它不是某种你可以买来，或者偶尔从壁橱上拿下来，掸掉上面的灰尘使用一两次，然后又放回壁橱的东西。

富足是一种哲学，它在你的生理机能和价值体系中体现出来，并有一套自己的信仰。不论是在你走路、睡觉、洗澡，还是感知时，它都与你相随，并且需要你的维系和照顾。

富足并不总是需要金钱。许多人物质生活很富有，精神却无比空虚。内心是富足的源泉，它包含一些重要的自我成分，如爱、关怀、善良和温柔、体贴和怜悯。富足是一种存在状态，它向外辐射，放射着光芒，就像众多卫星间的太阳一样。

除非在允许的情况下，否则富足发散出来的光芒是不允许黑暗出现或挡路的。富足的真正状态不会有容纳谎言或平常玩的游戏的空间，富足已填满了空间。这也可能是一个挑战，因为我们仍然需要发出光芒来给他人看。

富足是看到他人的长处，而非短处；是看到所有的事物的长处，而非缺陷。

从知道自己的富足开始，用富足填满自己的空间，全心全意地生活在此刻。你选择的专业已将这一点显示出来。比如：教练有了解和激发他人潜能的才华，这是他们的长处；顾问和客服专业人士通常有实用性的成功经验；行政助理和虚拟助理善于协调和时间管理。在你的周围和你的内心世界，富足无处不在。了解富足的内涵，爱原原本本的自己，不是为了自己的缺陷，或是能够有所提高的方面，而是为了此时此刻的一切去爱。

保持在你已经拥有的富足状态。我能担保它们的存在。只是它们往往被隐藏了起来，不过它们的确存在。呼吸它们，就如同你所呼吸的空气一样，因为你拥有它们。把暂时并不富足的任何东西都放开吧！在橱柜的鞋盒子上写下你所有富足的才能，如果需要的话，每天早晨都把它们拿出来，确定你的天赋在这里存在。

学会信任自己的富足，这是必需的。当你开始处于自己的富足空间时，不论你需要什么，不管你什么时候需要，它们都会出现。这种宇宙运转方式是由更高力量设定的，要相信宇宙的能量，要懂得它会让你在其力量面前保持谦卑，但也会让你的光芒在任何需要的地方放射。只有处于富足的状态，你才是真正的你。

学会掌控自己的情绪

佚 名

潮涨潮落、冬去夏来、暑消寒长、日升日落、月圆月缺、雁来雁往、花开花谢、春种秋收，自然界万事万物都处于循环变化中，我是大自然的一部分，所以，我也有如潮水般的情绪，时涨时落。

很少有人懂得，这是大自然的一种愚弄。每天早晨，我醒来时，心情都与昨天不同。昨天的欢乐可能成了今天的悲伤，然而，今天的悲伤可能发展成明天的欢乐。在我的内心深处，好像有一个轮子，不断地从悲伤转到欢乐，从狂喜转到绝望，从快乐变为忧郁。就像花儿，今天绽放的喜悦会慢慢消退，变成明天凋谢的绝望。但是我会记住，今天枯萎的花朵同样孕育着明天绽放的种子，正如今天的悲伤也播种了明天的欢乐。

要让每一天都卓有成效，我该怎样控制这些情绪呢？如果我心浮气躁，那么这一天将会在失败中度过。植物树木的繁盛依赖于天气，但我创造着自己的天气，可以随时掌控。

那么我要怎样控制自己的情绪，让每一个日子充满快乐和成效呢？我要学会这个千古秘诀：行为受控于情绪的人是弱者，强者只会用行为控制情绪。每天醒来时，我要这样对抗悲伤、自怜、失败的情绪，这样才不会被它们俘虏——

> 如果我觉得沮丧，就放声歌唱。
>
> 如果我感到悲伤，就露出微笑。
>
> 如果我身体不适，就加倍工作。
>
> 如果我陷入恐惧，就埋头苦干。
>
> 如果我自惭形秽，就换上新装。
>
> 如果我犹疑不决，就提高分贝。
>
> 如果我囊中羞涩，就想象财富将至。
>
> 如果我力不从心，就回忆以往的成功。
>
> 如果我自轻自贱，就铭记自己的目标。

从今以后，我懂得，只有能力较低的人才会一直处于最佳状态，而我并非低能者。总有些时候，有些力量企图将我毁灭，而我必须不断地与之对抗。其中失望与悲伤很容易识破，但是，还有其他一些力量往往带着微笑靠近我，并向我伸出友谊之手，可它们却能将我毁灭。我同样要与它们抗争，永远不放弃对它们的掌控：

> 如果我骄傲自负，就追寻失败的记忆。
>
> 如果我沉湎享乐，就想想挨饿的过去。

如果我安于现状，就想起竞争对手。

如果我居功自傲，就回想屈辱的时候。

如果我自以为是，就试试能否让风止步。

如果我腰缠万贯，就想想那些食不果腹的人。

如果我目空一切，就想起自己怯懦的时候。

如果我不可一世，就抬起头来仰望群星。

从此，我能识别和辨认人类所有情绪变化的奥秘，包括自己的在内。从今以后，无论我的个人情绪如何变化，我会随时做出积极的行动来控制。一旦我控制了自己的情绪，就掌握了自己的命运，也将成为自己的主人，变得卓尔不群。

醋醋细语声中的

浮生

生活是首交响乐

佚 名

　　观众们都在交谈着。舞台上的表演者正在为表演调试着音乐和乐器。指挥员登台后鞠了一个躬，全场一片寂静。他的指挥棒一挥，交响乐随之响起。所有的乐器都发出不同的声音，各个部分的声音混合得相当协调。如果乐器的每一个部分都是一样的，音乐就不会如此激昂。交响乐就是生命的象征，特别是在团队中，多种乐器交织在一起，才会演奏出唯一而独特的声音。我们的生命和所居住的世界也是如此。每个人都带来他们的不同，而这种不同又影响着其他人。

　　交响乐队是由许多种类的铜乐器、木管乐器、打击乐器和弦乐器组成的。每一种乐器都有着独特的声音，但是当它们一起演奏时，又会产生互补的效果。整个世界就像交响乐和交响乐器一样，由许多种族和文化构成。他们拥有各自的不同点，却又在不经意间影响着彼此。比如，你在街上散步，为了不碰到某人，你会绕着他走，事实上，当你向里挪动时，他们正影响着你的行为。

每个人都是交响乐中重要的一部分。每一位演奏者都有各自的演奏任务。这些部分都可以演奏出自己的音乐，但是与乐队中的其他部分合奏时，他们就会产生不同的效果。他们混合在一起就成为音乐的和谐部分。换言之，你能听到每一个人所做出的贡献，也能听到每一位演奏者是怎样共同合作的。在生活中，每一个人都拥有各自的特长。当他们共同合作时，就更强调了他们每个人的独特能力。一位外科医生是很有能力的，但是如果他加入医疗组，在别人的协助下，他拯救生命的能力就能更好地发挥了。

　　在一篇名为《健康福音书》的散文中，安德鲁·卡耐基论述了他在健康、公共财产以及个人主义上的观点。他将个人主义描述为"一个人不应该只为自己劳作，而是要为他的兄弟姐妹而活，并与他们分享一切，这是一种高尚的理想。"卡耐基认为个性是非常重要的，但也不能与他人太过偏离。每个人都应该贡献自己的观点，以便更好地帮助整个社会。

　　生活和交响乐之间的另一点相似之处在于，演奏者也许不会一直奏出悦耳的音调，但他可以为拥有悦耳音调的人伴奏。或者还有另一方面，演奏者不会一直表演独奏，也不会一直有作为焦点的机会。在生命中，每个人都有其光荣的时刻，即使他们或许会像伴奏者那样被人忽视。但这也并不意味着他们不比别人重要。整首歌曲的悦耳音调不会只停留在一个乐器上，而是由整个乐队演奏出来的。生活中亦是如此，每个人最终都会有发光的时刻，也会有成为聚焦的机会。

　　当一场音乐会正在准备时，指挥员会提醒音乐家交错着呼吸。在需要呼吸的时候，音乐家们当然可以呼吸，但是不可以与邻座的人在同一时间呼吸。如果大家同时呼吸，那么他们的呼吸声就会在音乐中的寂静时刻凸现出来。

乐队继续演奏着。他们虽然是分离的个体，但却又组合成一个团队。每一位音乐家都是交响乐中的积极分子。在生活中我们更加团结，作为这个团体中的积极分子，我们每天贡献着自己能够做到的一切。乐队演奏完他们乐曲中的最后篇章，音乐结束了。观众们雷鸣般的掌声打破了片刻的寂静。

那个人就是你自己

　　我意识到一件很奇异也很有意义的事情是，一个人往往不清楚自己留给别人的印象怎样。是好，是坏呢，还是不好不坏？这些倒是能够十分准确地猜测出来——有些人甚至没有必要让你去猜测，他们差不多就讲给你听了——但是我想要说的不是这个。我想要说的远不止这个。我想要说的是，一个人头脑中对自己的印象和他本人在他朋友们头脑中的印象往往很不一致。

　　你曾经想到这样的事吗？——世上有那么一个诡异的人，到处跑来跑去，上街访友，又说又笑，口出怨言，大发议论，他的朋友都对他很熟悉，对他早已知根知底，对他的看法早有定论——但除了偶尔且谨慎的只言片语外，平时却很少对你透露。而那个人就是你自己。比如，你走进一家客厅去喝茶，你敢说你能认得这个人就是你自己吗？我看不一定。很可能，你也会像客厅里的客人那样，当你难以忍受其他客人的骚扰时心里就盘算说：这是哪个家伙，真是怪异。但愿他少讨人嫌。你的第一反应就是略带敌意。甚至就连你突然在一面镜子前面遇到了你自己，穿的衣服也正是你心里记得很清楚的那天的服装，无论如何，你还是会因认出了你就是你而感到吃惊。还有，当你偶尔到镜子前整理头发时，尽管是在最清醒的大清早时刻，你不是也好像瞥见一个完全陌生的人吗？而且这陌生人还让你颇为好奇呢。如果说连形式、颜色、动作这类准确的外观细节都是这样，那么对于像心智和道德这种不易把握的复杂情况又将怎样呢？

有人真心实意地去努力留下一个好印象，但结果怎样呢？不过是被他的朋友们在内心深处认为他是一个刻意给人留下好印象的人。如果只凭单独会一次面或几次面——一个人倒很能迫使另一个人接受他本人希望造成的某种印象。但是如果接受印象的人有足够的时间来自由支配，那么印象的给予者就只能束手静坐了，因为他的所有招数都丝毫改变不了或影响不了他最终所造成的印象。真正的印象是在结尾，是无意而不是刻意造成的。同时，它也是无意而不是刻意接受的。它的形成要靠双方，而且是事先就已经确定的，最终的欺骗是不可能的……

很久以前，一个圆失去了一角。圆想做回完整的自己，于是四处寻找那遗失的一角。但它不再是一个整圆，因此只能慢慢地滚动。它在和煦的阳光下，欣赏着路边鲜艳的花儿，与虫儿聊着天。它遇到了许多不同的角，但都不适合自己，于是将它们扔在路边，继续寻找。最终，它发现了一片最合适自己的角，兴奋不已。现在它是一个完整的圆了，不再残缺不全。它与那一角组合在一起开始滚动。它现在是一个完美的圆，因此能够快速地滚动，快到无法再欣赏美丽的花儿，不能与虫儿聊天了。当它明白速度提高之后的世界是多么不同时，它停了下来，将那一角扔在了路旁，缓慢地离开了。

我认为，这个故事告诉了我们，从一种不同以往的意义上来讲，缺憾也是一种完整。拥有一切的人在某些方面却极度贫穷。他永远无法知道何为向往与期盼，也不懂得用更好的梦想来滋润他的心灵。

一个人的完整在于他能为自己的极限让步，有足够的勇气放弃超乎现实的梦想，且并不因此灰心沮丧。一个男人和一个女人的完整在于他或她能坚强地走过困境，可以在失去亲人后依然能保持完整。

生活不是上帝为了责备我们的失败而设的圈套。生活也不是拼写比赛，无论你答对多少词，只要拼错一个，就丧失了比赛资格。生活更如棒球季候赛，最佳球队也许会输掉比赛三分之一的分数，而最差的球队也会有光辉灿烂的一天。我们的目标就是赢多输少。

接受不完美也是人生的一部分的道理，我们就能在人生的道路上滚动前行并欣赏周围的一切，我们可以达到他人只能向往的圆满。我相信，那就是上帝对我们的要求——不是"完美"，也不是"毫无过错"，而是"圆满"。

如果我们勇敢去爱，接受宽恕，大方地将快乐带给他人，清楚地明白所有的爱都围绕在我们身边，我们就能够达到圆满，那是其他生物所无从知晓的。

挖掘自己的灵魂之矿

詹姆斯·艾伦

谚语说："一个用心思考的人，才是真正的自我。"它不但阐述了一个人生存的全部意义，也涵盖了他一生中触及的所有条件和环境。换言之，一个人因思想而生存，他的性格就是他全部思维的总和。

如同植物从种子里萌发一样，植物的存在离不开种子；人也是相同的道理，内心潜在的思想种子促使人产生每一个行为，行为依赖思想而存在。这一点不仅适用于那些主观行为，同时也能解释那些"下意识的"和"无意识的"行为。

思想孕育了行为的花朵，并结出了欢乐和痛苦的果实；由此可知，一个人通过自己的培育，才能收获甜蜜与苦涩的果实。

"头脑中的思想造就了我们，并促使我们去劳动和建设。假如一个人心怀邪念，那么痛苦就会随之而来，如同老牛身后不离不弃的车轮一般……如果一个人心地纯洁高尚，那么快乐也必将如影随形地追随着他。"

人类的成长是依照规律，而不是技巧的。同现实世界一样，在无形的思维领域里，因与果也是绝对的、毫无偏差的。恩赐或机遇并不能赋予高贵、圣洁的品格，而必须经历不断的正确思考、持久不懈的期待神圣思想的自然过程；长期怀有卑劣思想的人，经历类似的过程后，就会形成低贱、残忍的性格。

人是由自己创造或毁灭的。在思想的军械库里，他制造了毁灭自我的武器，也塑造了另一种工具。这种工具可以为他带来天堂般的家园，那里满是欢乐、力量与和平。凭借正确的选择和诚实的思考，人就会向着神圣的完美境界前进；可胡乱的选择和错误的思考，会使人沦落到禽兽不如。在两者之间，充实着不同层次的品格，而人既是创造者又是主宰者。

在与那些重新照亮这个时代的灵魂相关的一切美好事实中，比其他一切更令人兴奋、更能使人充满期待与信心的就是——人是思想的主人，是性格的塑造者，同时造就了形势、环境和命运。

人拥有力量、智慧和爱，能够自我主宰思想，并拥有掌控各种境遇的权利，其自身还可以转变和重塑，因此他能够成为自己所意愿的任何形象。

人是永恒的主宰者，就算在最虚弱、最孤独的时候也不例外；可这个时候，他会成为一个愚蠢的主人，不能合理地管理"家业"。然而，当他开始反省自己的处境，并坚持搜寻他赖以生存的法则时，他就会成为一个聪明的主宰者，用智慧来支配自己的精力，使自己的思想变得更加活跃、向上。这么做才是聪明的主人，并且只有在找到自身思想的法则后，人才能成为这样的主人；这种发现正是通过实践、自我分析和经验的累积而得到的。

唯有通过大量的探寻和挖掘，才能得到金子和钻石。假如一个人向自己灵魂之矿的深处挖掘，那么他就能了解到与自己的存在息息相关的所有真理。他会知道自己是性格的创造者，生命的缔造者，也是自己命运的建造者。如果他想去观察、控制、转变自己的思想，追寻自己的思想对自己、对他人以及对自己的生活和环境的影响，并耐心地实践和研究，把因与果结合起来，为了获得理解、智慧和权力等学问，运用自己的每一次经历——即使是最不足称道的、日常小事，这样他就能得到证实。只有在这个方向的指引下前进，而非其他，才能获得绝对的真理——"敢于探寻的人才会有所发现，勇于叩响真理大门的人才能进入"。因为唯有通过耐心、实践和不懈的追求，一个人才能走进真理圣殿的大门。

培　根　**青年与老年**

　　一个人假使不曾虚度生活，年岁不大也可以表现得成熟老练，只不过这种情况少有发生罢了。深思未必出自风霜，岁月同样可见年轻，可一般的青年毕竟谋划不过长辈，智慧也不及他们少年老成的同龄人。

　　但青年的创造性是更为丰富的，想象力也如涌泉一样奔放灵活，这似乎更得益于神助。天性刚烈、心怀热望、情绪敏感的人不历经中年，行事总是青涩的，凯撒和塞维拉斯即为例证。

　　青年擅长创造却缺乏判断，擅长行动却缺乏商讨，擅长革新却缺乏对经验的借鉴。日积月累的经验可以引导他们掌握旧事物，但也会遮盖他们看见新事物的视线。

　　青年人犯错往往毁坏大局，而老年人的错则是迈步太小或行动太缓。无论谋事还是操行，青年都骛远喜功，基调高，动幅大，好走极端；他们藐视前例，目空一切，革新的勇气绰绰有余，而欠方式和分寸上的考虑，结果反而招致意外的麻烦。他们有如不羁的野马，行事极端而不自知自救，一旦开蹄犯错，就泻至千里，不可复回。老年人呢，他们顾忌太多，议论过长，宁求安稳，不愿冒险，总是满足于平平成绩而不向往极致的辉煌。毫无疑问，最好是将两者特点结合。就现在来说，青年和老年可以互相取长补短。就发展来说，老年人是主事者，而青年可以学习取经。最后就社会来说，老年人以权威之姿指引方向，青年人则能振奋民心、鼓舞士气。但从政治上讲，老人的阅历是珍贵的，而青年人的纯真则在人性中熠熠闪光。

富兰克林

美腿与丑腿

　　这世上有两种人，他们拥有着同样的健康、财富以及其他生活上的享受。但是，一种人快乐，另一种人却烦恼。这很大程度上来源于他们对事物观点的不同，比如对人和对事，因此产生了快乐和烦恼的分歧。

　　人无论处于什么境地，总是会遇到"幸"或"不幸"。不管在什么场合，接触到的人和进行的交流，总有让他开心或烦心的；无论在什么样的餐桌前吃饭，酒肉总有对味和不对味的，餐具也总有精致和粗糙的；无论在什么气候下，他们总能遭遇好天气和坏天气；无论哪个政府统治，法律条文总有好坏之分；再伟大的诗句或著作中，总能挑出精彩的和平庸的；差不多每一个人的脸上，都有美丽和难看的地方；每一个人，也总有优点和缺点。

　　在这种情况下，上面所说的两种人注重的东西刚好相反。快乐的人，总是看着事物的长处：交谈中愉快的部分，食物的精致，酒的美味，美好的天气等等，并且满心欢喜地享受这一切。那些不快乐的人，却站在对立的一面，因此他们总是对自己不满意，他们说的话在社交场合很扫兴，既得罪了别人，也让自己闷闷不乐。如果这种性格与生俱来，那么真值得同情。可是如果是盲目模仿别人，最后不知不觉成了习惯，那么他们应该深信不疑这种恶习将对他们幸福的人生产生怎样的影响，即使这种恶习已经很顽固，也还是可以根除的。我希望这点忠告可以给他们一点帮助，改变这不好的习惯。或许这习惯主要作用于心理上，但是却能给生活造成恶劣的影响，带来一些现实的悲伤与不幸。因为总是得罪人，大家都不喜欢他，顶多演示一些必不可少的礼节，甚至连最起码的尊重都不会给他。这会使他们的生活缺乏情趣，而且会引起各种矛盾和争执。如果他们想增加财富，没有人会祝福他们好运，没有人愿意为他们出谋划策。如果他们招致公众的责难和羞辱，也没有人出来为他们辩护或谅解，有的人甚至夸大其辞地攻击他们，使他们变得更讨厌。如果这些人不改变这些坏习惯，对那些人们认为美好的事物不屑一顾，一天到晚怨天尤人，那么大家还是少和他接触好，因为这种人很难相处，而且当你卷进他们的争吵，你会有更大的麻烦。

　　我有一个哲学家老朋友，经历过很多人情世故，按照他的阅历，行为谨慎，尽量避免和这种人打交道。和其他的哲学家一样，他也有一个显示气温的温度计和一个预报天气好坏的气压计；但世上没有人发明一种仪器可以预测人的这种坏习惯，因此，他就利用自己的两条腿来测验。他的一条腿长得很好看，另一条腿因为意外事故而成了畸形。如果陌生人初见他时，对他的丑腿比对他的美腿更专注，那么他就会有所疑虑。如果那人只谈论那条丑腿，而不注意他的好腿，那我的朋友就会很快决定不再与他深交。不是每个人都有这样一双腿作为测量仪器，但只要稍加留意，每个人都能看出点那种挑三拣四的人的劣迹，从而避免和这种人交往。所以，我奉劝那些爱挑剔、爱发牢骚、整天愁眉苦脸的人，如果想受人尊敬并且想自己找乐子的人，就不要总是盯着别人的丑腿看。

圆 爱默生

眼睛是第一个圆，眼前的地平线是第二个圆。这个原始的形状在自然界到处都是，没有止境。圆是一种最高形式的象征。圣·奥古斯丁把圆作为对上帝本质的描述，它有着无所不在的圆心，但是其圆周却无处寻觅。我们用一生的时间来研究这个最原始的图形有什么丰富内涵。在讨论人类每一个行为的循环及其补偿性时，我们从中探寻出了一种道德寓意。我们要研究的另一个类比是：没有什么行为不能够被超越。有这样一条真理贯穿在我们的生活当中，即：在任何一个圆的外围都可以画出另外一个圆；自然没有极限，每个终点都是一个新的起点；太阳爬到最高处时，总会有另一道曙光冉冉升起；深海处还有更深的海床。

这一事实象征着"无法触及"又不可捕捉、转眼即逝的"完美"，它促使成功，同时又宣告失败，从这一点来说，它可以帮助我们把人类在各个方面显示出来的力量结合起来。

自然界的任何事物都不会是永恒不变的。宇宙是运动变化的。"永恒"只是一个表示不同程度的概念。在上帝的眼中，我们的星球是一则透明的法规，而不是事实的累积。事实因为融解在法规中而运转。我们的文化不过是一种占据支配地位的理念，它黏附着一系列城市和机构。只要我们的理念转变了，它们就会随之消亡。古希腊的雕刻早已不复存在，像冰雕一样消逝，只剩下一些零星孤独的碎片，好似六七月间阴谷的石缝中零零散散的残雪。开辟新事物的天才又创造了别的东西。希腊字母流传得久远一些，但也同样避免不了要遭受厄运，最终掉进新思想为所有旧思想设置的不可逆转的深渊里。新大陆在这个古老星球的废墟上建立；新物种在前代腐化的尸体上孕育；新艺术占据了旧艺术的地位。人们原来发明的导管柱头，由于后来出现的液压传动而成为废品；防御工事在火药面前脆弱得不堪一击；铁路的发明让公路和运河相形见绌；蒸汽机取代了船帆；随即电动机又应时而生。

　　我们在思想上每迈出新的一步，就可以调节许多看起来矛盾的事实，把它们作为同一个规律的不同表达方式来对待。亚里士多德和柏拉图被认为分别代表了两种不同的学派。可是聪明的人会发现，柏拉图的思想其实影响了亚里士多德。思想上再后退一步，不统一的观点就可以认为是同一个原则的两个极端。但不管退到什么地步都不可以否定：总有一个眼界会相对高一些。

　　勇气在于有很强的自我重塑能力，只有这样，一个人才能永远立于不败之地，才能不受人摆布；不管你把他放在什么场合，他都有立足之地。要想做到这一点，他就必须选择真理，摈弃他对真理原有的理解，随时能够从不同的角度认识接受真理，而且要相信他的法律条文、他与社会之间的联系、他的宗教、他的世界随时都有可能被取代而消逝。

交谈是一种圆的游戏。谈话时，我们拆除了阻止双方畅所欲言的"限定"。谈话者不会因为神情和态度受到责难，他们甚至可以在圣人的降临日大胆地表露自己心中真实的想法。翌日，很可能他们会从这高水位线上隐退，你会发现他们仍然苟且地行驶在旧的驮鞍之下。当火舌触伸到我们的墙上时，我们还是享受这热度吧。当一个新的演说者燃起新的光芒，解救我们于上一个谈话人沉重、专横的思想压迫中，把我们交付给另外一个拯救者，我们似乎才又重新获得了自身的权利，变回了真正意义上的人。每条被昭示天下的深刻真理，只有在一定的时间、一定的轨道上才能运行。在平凡的日子里，社会端坐在那里像雕木一样，而我们也是个个心气平和地奉候，心中感到十分空虚，或许也明白，一旦伟大的象征把我们包围起来，我们就会变得充实。只可惜对于我们来说，它们并没有什么象征的寓意，而是乏味、无关紧要的玩具罢了。接着，圣人降临了，他把木偶似的人们点化得大彻大悟，囊括万物的面纱在他闪电般的眼神中烧毁了。于是，家具、杯子、碟子、椅子、闹钟和华盖，所有这些事物的意义拭目以待。昨天在暮霭笼罩下巨大的事实，财产、气候、繁殖、美貌等，其比例都奇妙地发生了变化。我们眼中稳固的东西在动摇。文学、城市、气候、宗教都从它们的根基处游离出来，在我们面前翩翩起舞。然而，我们又从这些现象中看到了局限。语言的表达是好的，但"沉默是金"。沉默会让言语感到惭愧。交谈时间的长短表明了倾听者和诉说者之间的思想距离。如果在任何时候双方都很默契，那么言语就根本是多余的。

　　天才与杰出人物的区别在于，杰出人物灵活地保存了旧有的、被人菲薄了的事物，同时又有能力开辟新的道路，朝新的、更远大的目标前进。杰出人物创造压倒一切的现在，一种愉快而坚定的时刻，他树立起坚定的信念展现给世人，他让他们看到，他们没有想过的很多很多事情其实都可以实现，而且可以做得很优秀。杰出人物让事件本身在人们的印象中淡化。当我们见到征服者时，他们创造的某次战役或胜利倒不会过多地在我们的头脑中想象。我们只知道，原来我们把困难夸大了。我们的困难对于伟人而言其实很容易。伟人是坚定不可动摇的。在他眼中，任何事情都是过眼烟云，不会留下什么不可磨灭的印象。有时候人们会说："看，我已经克服了困难，瞧我多开心呀！我已经彻底战胜这些磨难了。"可是如果他们反复地对我说起那厄运，就说明他们还没有打败它。淡化磨难才是真正的胜利，并随之让它犹如飘渺的晨雾一样消失在无边无际、不断发展的历史中。

　　忘我的境界是我们不断追求的，走出自得其乐的圈子，失去恒久的记忆，全身心地投入做某件事情，简单地说来，就是重新画一个圆。没有做事时的狂热就不会有所成就。生活是精彩的，精彩来自于放弃。历史上的伟大时刻都是借助了强有力的思想得以展现的，比如天才和宗教工作。克伦威尔曾经说过："当一个人不再受固于某个限定了的去向时，他就可以登峰造极。"也正因为这样，陶醉沉迷于鸦片和酒精等酷似神仙的感觉，才会对人们构成致命的诱惑。同样的道理，人们要把狂热融合在比赛和战争中，以此来模拟心灵的热烈与宽宏大量。

更高的规律

佚 名

我们的整个人生都是充满感性的。美德与邪恶之间的战争一刻也没有停止过。只有善良才是万无一失的投资。在全世界奏响的竖琴乐曲中，善良的主题激励着我们。尽管到了最后，年轻人对此可能会逐渐淡漠，但是宇宙中的规律却是永远不会改变的，永远与最灵敏的人同在。我们拨动一下琴弦，调整一下音调，动人的旋律就会将我们陶醉。那些许多令人厌恶的噪音，传得很远之后，听起来反而像一种音乐，这是对我们生活中鄙劣行径的一个绝妙讽刺。

我们能够意识到灵魂中野兽的存在，当我们较崇高的本性变得渐渐麻木时，野兽就开始慢慢苏醒。它卑鄙、贪图感官享乐，并且有可能是无法彻底清除的。就像蠕虫一样，即使是在活着的时候、健康的时候，也要寄存在我们的身体里。也许，我们能够回避它，却永远也改变不了它的本性。我担心它的健康状况很好，以至于或许我们原本健康的身体会变得不再纯洁。

如果我知道有一位英明的人，能够教给我洁身之道，我一定会毫不犹豫地去找他。然而，精神能够在一个特定的时间渗透并控制身体的各个器官和功能，然后将最粗俗的贪欲改变成纯净和虔诚。我们旺盛的精力一旦被放纵，就会散布开来，使我们变得不再纯洁；如果稍加节制，就能够给予我们鼓舞与启迪。纯洁是人性的花朵，而所谓的天才、英勇、神圣等只不过是它成功的果实。打开通往纯净灵魂的渠道，人类就能立刻到达上帝的面前。纯洁的灵魂令我们欢欣鼓舞，不洁的灵魂令我们消沉沮丧。确定自己心中的野兽日渐消亡的人，是被人们祝福的人，神圣的本质也将在他的灵魂中存在。也许只有卑劣与粗野的习性才会使人蒙羞。我害怕，我们是神与兽的结合，如果是这样的话，我们的生命恰恰就是我们的耻辱。

尽管贪欲形式多样，但终归还是一回事，所有的纯洁本质也都是相同的。纯洁与不纯始终势不两立。如果你想变得贞节，那么你就必须节制自己。什么是贞节？人们如何知道自己是否贞节？无从得知。我们听说过美德，但是我们不知道什么是美德。听到谣传，我们便人云亦云。努力可以创造智慧与纯洁，懒惰却只能得到无知与贪欲。学生的贪欲是心智堕落的表现。不纯净的人通常都是懒惰的，他整天坐在火炉旁，不去享受外面的阳光；他整天都躺在床上，不管疲倦与否。如果能够避免不纯洁，避免所有的罪恶，那么就认真地工作吧，即使你的工作是清理马厩。尽管本性难移，但是本性一定要移。

我们毫无顾忌又恬不知耻地谈论着色欲，却对其他的贪欲缄口不提。我们如此堕落，以至于不能简单地谈论人性的必要作用。在古代的一些国家里，人性的每个机能都如实地被认知，都受到法律的规范。对于印度的立法者来说，没有什么是太琐碎的事物，然而对于现代人的品味来说，就有些令人厌烦了。他教人们如何吃、喝、拉、撒、睡等等，并提升这些最卑微的事情的意义，而不视它们为繁琐之事，对其避而不谈。

每个人都是神殿的建造者，而他们所崇拜的上帝正是他们自身。我们都是雕刻家和画家，我们进行创作的材料就是自身的肉体、鲜血和骨骼。任何高尚的品质都能使人类的特征得以提升，而卑鄙或贪欲只会使人堕落。

史蒂文森　**悠闲者**

　　不管是在中学还是大学，不管是在教会还是市场，极度的忙碌都是缺乏活力的象征。而忙中偷闲的能力，暗示的则是一种广泛的爱好和强烈的个性。在我们身边有一种人，他们无精打采、异常迂腐，除了从事某一常规职业外，他们很少有生活的意识。假如把这些人带到乡村，或者让他们登上轮船，你就会发现，他们是多么渴望回到自己的书桌边或书房里。

　　他们没有好奇心，也不能自我挑战；他们不能享受发挥自己才能的纯粹乐趣；除非一定要用棍子抽打着，否则他们会无动于衷。与这样的人多说也无益，他们无法让自己悠然自乐，他们的本性就不够慷慨，只会浑浑噩噩地打发时间，而不利用时间拼命工作。当无须工作，既不饥饿又不口渴时，对他来说，这个充满生命的世界只是一片空白。如果火车不得不需要等上个把小时，他们就会双目圆睁、神情呆滞。看了他们，你就会猜想那里没有可看的风景，也没有可以交谈的人，也可能会觉得他们被吓呆或被疏离了。

然而，他们极有可能是在工作中兢兢业业的人，对契约中的瑕疵或市场的变动有着敏锐洞察力的人。他们上过中学，受过高等教育，但是却总是把目光放在奖章上；他们游历各国，与智人结交，但是总考虑一己之私。似乎是嫌自己起初的灵魂还不够渺小似的，他们一生只是拼命工作，从不娱乐，以此来压缩自己的灵魂世界。直到40岁，还是在那里没精打采地等火车，不想去与他人攀谈，对娱乐也没有一点兴趣。在他还是孩童时，还可以在箱子上爬上爬下；到了20岁的时候，他可以盯着姑娘看；但是到了现在，烟斗抽完了，鼻烟盒也空了的时候，我们这位先生却直挺挺地坐在长椅上，目光忧郁。这样的生活，我并不认为是成功的。但是，他本人并不是唯一受到这种习惯折磨的人，还包括他的妻子、孩子、朋友和亲人，甚至还有与他同乘一车的人。

一个人始终如一地献身于其所谓的事业，就会永远忽略许多其他事物。而且，一个人的事业是他要做的最重要的事情，是不能用任何形式来确定的。要公正地判定的话，其中一点是显而易见的，那就是在人生的戏剧里，最聪明、最善良、最仁慈的角色都是由无偿的演员来扮演的。在世人看来，那是悠闲的状态。因为在这出戏剧里，不仅有散步的绅士、歌唱的侍女，还有乐队里勤勉的小提琴手，而且有坐在长凳上鼓掌的观众，他们都真正扮演着一个角色，并对整体效果发挥着重要的作用。

毋庸置疑，你依赖于律师和股票经纪人的关照，列车员和信号员使你快速地转移，街道上警察对你佑护。但是对于那些路上偶遇，使

你开怀一笑的人，难道你一点也不心存感激吗？纽科姆上校的帮忙，却使他的朋友破了财；弗雷德·贝·哈姆向人借衬衣，却是一个诡计。但是比起巴恩斯先生，他们两位倒是更值得结交。虽然福斯塔夫既不庄重又不诚实，但是我想我能说出一两个沮丧的巴拉巴，我想如果没有他们，这个世界会更好。哈兹里特曾提及，与那些懂得卖弄的朋友相比，他对诺思科特的责任感更强，尽管诺思科特对他并未有任何所谓的恩惠之举，因为他坚持认为，一个好的同伴就是最大的施恩者。

　　我知道世界上有一些人，除非以痛苦和苦难为代价赐予他们恩惠，否则他们便不会有感恩之心。这真是一种无礼的性情。一个人可能会给你写一封六页的信，同你漫无边际地闲谈，或者你开心地用半个小时读他的一篇文章，或许还有所收获：如果这篇手稿是他用心血写成的，就像魔鬼的契约一样，是否你会觉得更有恩于你？如果你的来信者诅咒你的刁难，你真的觉得你就会对他更加感激吗？乐趣比责任更能令人受益，因为就像仁慈的品质一样，由于没有任何的矫饰，能给人加倍的福佑。

生活中之两极

在宾夕法尼亚州，严寒已经持续很久了。

我不记得是否还有比这更冷的冬天，但我肯定还有比这更冷的日子。

尽管日照时间正一分钟一分钟地慢慢增加，但除非是迫不得已，否则你可以很容易找个借口不出门。可我通常还是迫使自己出去做些事情。

我问候的人都处于各种不佳状态，他们说自己"迫于天气"，每年的这段时间都不好受。

昨天，当我带着两只狗站在外面时，脸和鼻子都冻硬了，耳朵像被针扎一样疼痛。

当然，这对里基和露西没有丝毫影响，它们有一个惯例，即必须每天出去找个合适的地方玩耍，不论天气是多么寒冷，还是多么酷热。

所以，我静静地等着。

但是，这次有所不同。虽然还是一样冷，但我突然想到这些极端的寒冷其实是多么美好，不禁感到欢欣雀跃。

后来，阳光冲破云层，炎炎夏日的记忆出现在我的脑海中。我想起中午酷热当头时，额头上的汗珠不断往外冒，灼热的阳光炙烤着我的脸。于是，我提醒自己，在寒冬里，我希望拥有那样的热度。

我是对的。

生活中的两极在大部分时候让我感到难受，我总是害怕并始终在抱怨它们。

但是，今天我要感激它们。我的生活若没有两极，我将永远不会感激平静的日子，没有两极的生活将会冗长乏味。

当我们被推到极端时，才会更感激居中的美好。健康问题提醒我们要更关注生活。财政危机提醒我们在富足时要节俭，为紧迫的日子做准备。

所以，寒冷会让我更懂得欣赏酷热。

让我在酷热的夏日大汗淋漓吧，这样，我会希望用一捧雪来擦脸。

我总结出这样一个结论：不论身处何地，我总会找到一个让自己不快乐的理由。

不论是酷暑还是寒冬，健康还是疾病，富有还是贫穷，我总是想让自己的处境与眼前有所不同。

但是，我将不再这样下去。我将为眼前的处境找一个开心的理由。哪怕只是简单地因为我还活着。

我已经厌倦了"迫于天气"。

不论你身处何地，也不论你是什么人，此刻，以及我们生命中的每时每刻，有一件事对你我来说是相同的：我们不是在休憩，而是在旅途中。我们的生活是一种运动、一种趋势，是向一个看不见的目标稳步前进。每一天，我们都会赢得某些东西，或者失去某些东西。甚至当我们的位置和我们的性格看起来跟以前完全相同时，它们事实上也在变化着，因为仅仅时间的流逝就是一种变化。对于一块荒地来说，在一月和七月是不同的，季节会制造差异。孩子身上的局限可说是孩子气，但在大人身上就是幼稚。

我们做的每一件事都是朝着一个或另一个方向前进的。甚至"没有做任何事情"这件事本身也是一种行为，它让我们前进或后退；一根磁针阴极的作用和阳极的作用都是一样真实的；拒绝也是一种接受——接受了另一种选择。

你今天比昨天更接近你的港口了吗？是的，你必须接近某一个港口或者另一个港口。自从你第一次被抛入生活之海，你的船连一分钟都没有静止过，海是如此之深，你也不可能找到一个抛锚的地方。于是，你不可能停下来，直到你驶入港口。

人生的节奏

如果说生活并非总诗情画意，但它至少是富有韵律的。根据一个人思维轨迹的路径来看，人的精神体验呈现周期性。尽管其距离，轨道的长短，运行速度，循环周期都不得而知，但是其循环性是可以肯定的。在上周或去年内心所遭受的痛苦，现在已烟消云散；但是痛苦会在下周或明年卷土重来。快乐与否和我们所经历的事情并不相干，而是取决于思维的浪潮。疾病是有节奏的，越接近死亡，其周期越短，身体恢复所需要的时间也越长。对于一件事的悲痛，昨天不堪忍受，明天也会如此。尽管今天很容易承受，可是悲痛却没有过去。甚至未解的精神痛苦的负担，也一定能给内心留下片刻的安宁。悔恨不是滞留着不去，它会再次回来。惊喜令我们快乐，如果我们能够记录下惊喜来临的路线，那么我们可以期待快乐的如期而至，而不必在已来临后才发现；可是没有人做过这样的观察；在人们的所有内心世界日记中，从来没有出现过这样的周期开普勒式记录。即使坎普滕的托马斯没能测算出它的周期，但是他的确发现了这种周期的存在。"除此之外，夫复何求？万事万物皆由此构成"，带着这种理念，他发现，在深切的痛苦中反倒能找到快乐的逗留；快乐的时刻来临时，记忆抑制人的心灵，使迎接快乐之情更强烈，但是预感快乐将无情地消失。"你很少，很少到来，"雪莱叹息道。他叹息的不仅仅是快乐本身，还是快乐的灵魂。为了我们的服务，快乐可以事先被强迫使用，被调遣，被约束——埃里厄尔可以被分派日常工作；但是这样人为的暴行使生活变得没有了节制，而如此强迫也并非快乐的灵魂。它在椭圆形、抛物线形或双曲线形的轨道上飞来飞去，没有人知道它与时间有着怎样的约会。

　　雪莱与《效法基督》的作者本应敏锐而简单地察觉到这种飞跃，并猜测其周期的规则，这似乎是情理之中的事。他们的灵魂与他们多个世界中的精灵有着密切的联系，并且人类的世故，有悖于普遍运动的自由与规则的东西，都不能阻止他们找到循环这种现象的道理。"它仍然在转动。"他们懂得，无往不复，没有分别就没有再现；他们知道，离去便是踏上漫长的回程；目标的接近就意味着离去的来临。秋天，雪莱感慨道：

　　　"啊！风。

　　风啊，

　　如果冬天来了，

　　春天还远吗？"

　　他们知道，潮涨与潮落一样，不合时宜的、人为周期的干扰可以减弱潮水的来势和去势，削弱其冲撞和推动力。永远平等的生活——

不管是寻找精神产物的平等，还是精神愉悦上的平等，还是在感官享受上的平等，就是既不劳累，又不懒散的生活。一些圣人的生活，是极其朴素和单纯的，与周期性规律非常吻合。欣喜与忧伤交替在他们身上发生。在头脑空虚的时间里，他们忍受着放弃凡尘俗世的种种内心痛苦。为了心中点亮的不受约束的甜美祝福，他们欣喜不已。诗人骚客与他们一样，在漫漫的人生旅途中，缪斯女神有三次或十次降临到他们身边，抚摸他们，又抛弃他们。然而，两者迥然相异的是，诗人并不总是驯服的，因此也不会为与宝贵而不可取消的时光的离去和小别，做好充分的准备。对于他们的缪斯离开的规律，很少有诗人能够充分认识到。因为对此的充分意识是通过一种方式表达，那就是沉默。

人们发现非洲和美洲的一些部落崇拜月亮，而非太阳；大多数部落则两者都崇拜；却无一个部落是只崇拜太阳的。因为太阳的运动规律还有一部分不为人知，而月亮的周期规律却很显著，影响四季。月亮的运转周期决定着潮汐的涨落；她是塞勒涅，是赫斯之母；在降雨稀少的地方，她带来露水滋润陆地。同能在地球上看到的其他天体相比，月亮是度量者。早期的印欧语就是这样称呼月亮的。她的度量的定相便是其阴晴圆缺的象征。恒久不变的定期而至与按期返回，正是她反复无常的原因所在。朱丽叶不接受指月盟誓，但她不知道爱情本身也是有潮汐的——爱的消长是由内心的反复规律所决定的，但是恋人徒劳而无情地归咎于他的爱人外表的某些变化。因为除了非同一般的人之外，人是很难有周期意识的。一个人要么对此永远浑然不觉，要么认识到时，为时已晚。他之所以很迟才懂得这点，是因为这是一个缺乏累积证据基础上的经验累积。一个人直到了他的后半生，才能清晰地懂得这个道理，并因此放弃自己的期望和担忧。年轻人对这一规律的无知，导致了他们接近于绝望的悲痛。成就非凡事业的期望也是如此。人生漫长，潜力无穷。对于人生的周期循环毫无所知的人来说，这些间隔——愿望与渴望的间隔、行动与行动的间隔——如同睡眠的间隔一样，是不可避免的。对间隔的不可避免与无穷无尽的无知，使得人生对于时运不济的年轻人来说，似乎是不可思议的。他们应该明白，从更微妙意义上说，人间世事如同潮汐一样有涨有落——如果延伸了莎士比亚的意思，不是胆大妄为之举的话，它应当包含这层意思。快乐从他们身边离去，走上回家的路；他们的生命也会有月盈月亏，如果他们明智的话，他们就必须顺从它的规律，知道这一规律能掌控世间的万事万物——太阳的旋转与产妇的阵痛。

友谊的色彩

很久以前，世界上的各种颜色起了争执，每种颜色都自诩是最好、最重要、最有用、最漂亮、最受人青睐的。

绿色说：

"很显然，我是最重要的，我是生命和希望的象征。小草，树木和树叶都是绿色的。没有我，所有的动物都会死亡。环顾乡村的景色，我占着色彩的主导地位。"

蓝色打断绿色的话：

"你就只看到了大地，瞧瞧天空和海洋吧。天空代表着广阔、平和与静谧。而海洋是生命的起源，生命所必需的水分正是由海水蒸发凝成云团，然后形成降雨而得。没有象征和平的蓝色，一切都将是虚无的。"

黄色咯咯地笑道：

"你们过于严肃了。只有我才能给世界带来欢笑、愉悦和温暖。

看看吧，太阳是黄色的，月亮是黄色的，就连星星也是黄色的。每次你看向日葵时，整个世界都笑了。没有黄色，欢乐就不复存在。"

橙色也开始吹嘘起来：

"我是健康和力量的象征。橙色比较罕见，加上我尽心尽力地满足人们的需求，因此，我就显得特别珍贵。最重要的富含维他命的食物都是橙色的，比如，胡萝卜、南瓜、橘子、芒果和番木瓜等。然而，我并不是随时都见得到的，只在日出或日落时，我会给天空镀上金色。这种美丽奇特的色彩使其他颜色大为逊色。"

红色再也按捺不住了，大喊道：

"我是色彩之王。红色，血一般的颜色，生命的色彩！我象征着危难和勇敢，我让血液燃烧沸腾，并愿为事业勇猛奋战。没有红色，地球会如月亮般空洞、了无生气。红玫瑰、一品红和罂粟都是红的，红色就是爱之色，激情之色。"

异常高大的紫色站了起来，声如洪钟：

"紫色象征着皇室和权利。我是权威和智慧的标志，因而国王、领袖和主教都以我为代表色。人们从不对我产生质疑，相反，他们听命并服从我。"

最后，靛蓝色开口了，语气较其他颜色平和了许多，但同样很坚定：

"想想我吧。我代表安静。几乎没人注意到我，但没有我，你们都变得肤浅。我象征思索和反省，曙光和深水。我能使你们的色调和谐，对比鲜明，并且我也能做祈祷，平和心态。"

颜色们还在吹捧自己，都坚信自己是最棒的。他们的争吵声越来越大。忽然，一道闪电划过天空，雷声滚滚而来，大雨倾盆而下。颜色们惊恐万分，蜷缩一团，彼此寻求慰藉。

喧闹声中，雨说道：

"你们这些愚蠢的家伙，为了统领他人就相互攻击。每种颜色都有特殊的意义，都是独一无二、与众不同的，这你们都不知道吗？现在，你们手拉着手，到我这来。"

照雨的吩咐，颜色们手牵着手。

雨又说道：

"从现在开始，只要下雨，每种颜色都要横跨天空，形成一个七彩的弓环，这道彩虹就代表你们能和平相处，同时也预示着明天的希望。"因此，每场及时雨清洗整个人间后，一道彩虹就横挂于天空——这让我们记住了一个道理：要学会彼此欣赏。

真理的寻求者

佚 名

在寻求真理数年后，有人告诉真理的寻求者到一个山洞里去，在那里他会看到一口井。他得到建议说："向那口井询问一下什么是真理，它会告诉你答案。"找到那口井之后，真理的寻求者问了那个最基本的问题。井底深处传来回答："到村里的十字路口去，在那里你就会发现你正在寻找的真理。"

满怀着希望和期待的他跑到十字路口，却只看到三家毫无生气的店铺。这三家铺中的一家是卖金属片的，另外两家分别卖的是木材和细金属丝。

失望的真理寻求者返回到那口井旁，想要讨个说法。然而，他只被告知："将来你会明白的。"当他对这样的回答表示抗议时，他得到的指示只有自己喊叫的回声。他因为受到捉弄而感到很气愤——至少当时他是那样认为——继续寻找着真理。

很多年过去了，井边的那段经历渐渐地在记忆中消失，直到一天晚上，当他在月光下漫步时，锡塔尔琴的乐曲声引起了他的注意。音乐美妙无比，弹奏者技艺娴熟，曲子弹奏得很有感染力。

真理寻求者被深深感动了，他不由自主地向弹奏者走去。他看着弹奏者的手指在琴弦间舞动，而且他注意到了锡塔尔琴。突然间，他惊喜地发现：锡塔尔琴是由金属丝、金属片和木头制成，就像他在那三家店铺里见到的那样。他还曾认为这些东西没有任何特殊意义呢。

最后，他终于明白了那口井给自己的启示：我们需要的一切事物都已经拥有，用恰当的方式将他们组合起来是我们的任务。如果我们将它们视为互不相干的零件，那么一切都没有意义了。但是，一旦这些零件组合在一起，就会有一个新的实体形成，而且这个实体的本质是我们在认为是互不相干的零件时难以预见的。

相信明天会更美

胡 佛

　　人们常常不能理解，历史学家为什么要千方百计地去保存数以百万计的历史书籍、文献和记录？我们为什么要有图书馆？这些文献和史书又有什么用处？我们为什么要记载并保存人类的行为、政治家的谈判和军队的征战？

　　因为有的时候，经验之音可以帮助我们驻足、观察和倾听。还因为，有时过去的记载经过正确的检验，可以给我们以警示，告诉我们该做什么，不该做什么。

　　假如我们想要营造永久的和平，就一定要从人类的经验和人类追求理想的记录之中去探究其渊源。从男男女女的刚毅、勇敢和奉献的故事中，我们获得了青春的灵感。远自基督教殉道者的故事，近至当代布达佩斯的英勇烈士，历史记载着人类的苦难以及克己、忠诚和英勇的事迹。当然，这些记载一定会给处于困惑、茫然之中并渴望和平的人们带来益处。

历史的最高目标是使世界变得更加美好。历史对那些热衷于战争的人加以警告，对那些追求和平的人予以鼓励。总之，历史帮助我们学习。昨日的记载可以使我们不再重蹈覆辙。而这些由历史学家所拼合的无数镶花式的图案，将成为展示人类进步的伟大壁画。

慷慨的乐趣

纪伯伦

一位富人接下来说，请你给我们讲讲施与吧。

于是，他回答：

你们只是拿出自己的财产，那么你们的施与微不足道；若你们奉献自己，那才是真正的施与。

你们守护囤积的财产，只是因为明天可能会需要吗？而明天，如果一条狗在跟随着朝圣者前往圣城的途中，过度谨慎地将骨头埋在找不到回头路的沙子里，那么明天将会给它带来什么呢？

除了欲望本身，还有什么可惧怕的呢？当井水充盈时，你对干渴的畏惧还是无法摆脱的吗？

有些人只捐赠自己财产的九牛一毛——他们不过是为得到认可，然而他们隐藏的私欲使他们的礼物无益于身心；也有些人，拥有甚少，却全部捐献，他们相信生命本身就足够丰裕，他们的保险箱从不会空着。

有些人欢快地施与，这欢快便是他们的报酬；有些人痛苦地施与，这痛苦便是他们的洗礼。有些人，施与时并不觉得痛苦，也不是为了寻求快乐或凸显美德。他们施与，犹如山谷那边的桂花，在空气中散发出淡淡的馨香。

　　上帝借助这些人之手传道，借由他们之眸对大地微笑。

在他人要求时奉上施与的确不错，但在别人未开口时能体贴地施与，这就更好了。对于慷慨大方之人，倘能找到乐于接受者，要比施与本身更为快乐。

你还想保留什么呢？

总有一天，你拥有的一切都将施与他人。所以现在就施与吧，把施与的机会留给自己，而不是你的后来人。

你常说："我只赠给值得赠的人。"你果园中的树木和草地上的羊群就不会这样说。因为施与，它们才得以生存，而拒绝给予则会招致灭亡。

一个值得被神授予白日与黑夜的人，当然能够从你们这里获得其他一切；一个值得啜饮生命之泉的人，当然也能从你们的溪流里斟满杯盏。

有什么能超越接受的勇气、信心，甚至慈悲的美德吗？

你是谁？值得人们敞开胸怀，移开自尊的面纱，好让你看到他们赤裸裸的价值和他们无愧的尊严？先审视一下自己是否有资格成为一个施与者——一件施与的容器。

事实上，因为这是生命对生命的施与——至于你，自视为施与者，不过是一个见证人罢了。

至于你们这些受施者——你们全都是受施者——不要背上感激的重负，否则就是给自己和施与者套上枷锁。

不如和施与者及其馈赠一同展翅飞翔，因为对债务耿耿于怀，就是怀疑那宽厚的以大地为母、以上帝为父的施与者的慷慨。

踏上一缕黄昏

什么是重要的

佚 名

不管你是否做好了心理准备，终有一天，一切都会结束。那时，将不再有日出、天、小时和分钟的概念。你曾拥有的一切，无论是值得珍惜的还是应该遗忘的，都将转予他人。

你的财富、声望和世俗的权力都将与你脱离关系。你所拥有的和所亏欠的都将与你不相干。

你的恶意、愤恨、挫败感和嫉妒都会消失殆尽。当然，你的希望、抱负、计划和要做的事也会无法实现。曾对你至关重要的得与失，也慢慢地淡漠了。

到时，你来自何方和如何生活都不重要。同样，曾经非常光鲜亮丽的你也毫无意义。你的性别、肤色和种族也都会与你无关。

那么，究竟什么才是真正该珍惜的呢？又该以什么标准去衡量人生的价值呢？

你要珍惜的，不是你买了什么，也不是你创造了什么，更不是你获得了什么，而是你给予了什么。

你要珍惜的，不是你曾经获得的成功，而是你的价值。

你要珍惜的，不是你曾学会了什么，而是你曾留下了什么。

真正值得珍惜的，应该是你是否曾用自身的正直、同情心、勇气，以及奉献精神去感染和鼓舞过他人，使自己成为一个好榜样。

你要珍惜的，不是你的能力，而是你的为人。

你要珍惜的，不是你曾与多少人相识，而是当你离开时，那些会因你的离去而久久陷于悲伤中的人。

你要珍惜的，不是你的全部记忆，而是对你爱的人的情怀。

你要珍惜的，不是你离去后，会在人们的心中留下多久的回忆，而是哪些人会因哪些事而将你铭记于心。

这些值得珍惜的事情在人的一生中并非偶然。

外界环境并不重要，要谨慎地作出最后的选择。

重中之重是选择一个适合自己的生活方式。

你的生活自己决定

佚 名

清晨，我早早醒来，为自己在午夜的钟声敲响前，将要做的一切激动不已。我有责任让今天过得充实，我的作用是很重要的。

选择如何度过每一天，这是我的工作。

今天下雨了，所以我可以抱怨。但是，草地无需花费力气去浇灌，所以我还可以感激。

今天没有足够的钱，所以我可以难过。但这也使我懂得理性消费，引导我远离浪费，所以我也可以欣喜。

今天为自己的健康问题，我可以满腹牢骚。但自己仍然活着，所以我可以欢呼雀跃。

今天因为小时候父母给予的太少，我可以悲叹不已。但是，他们赋予我生命，所以我也可以万分感激。

今天因为玫瑰的刺，我可以呜咽哭泣。但有刺的茎上有玫瑰花，所以我又可以欢心庆贺。

今天因为自己缺少朋友，我可以哀伤悲痛。但我能去发掘新的感情，所以我又兴奋不已。

今天因为必须上班，我可以抱怨哭诉。但起码我还有工作可以去做，所以我可以高声欢呼。

今天因为必须做家务，我唉声叹气。但这是上帝赐予我的避风港，我又倍感荣耀。

今天伸展在我的面前，等着我去塑造，而我正是它的雕刻师，来赋予它某种形状。

今天是什么样，完全由我决定，今天怎样度过，由我来选择！

我懂了

佚 名

啊……

我懂了，该飞时就要飞……你不能拖延，不能装作若无其事，也不能装作永无改变。

我懂了，人变了，并不意味着朝着坏方向发展。有人不明白这些，但你不得不学着去接受……

我懂了，你应尽力去尝试尽可能多的不同事物，从业余爱好到发型，再到朋友圈子。也许刚开始的时候，你感觉自己迷失了，你不知道自己是谁，又属于哪里。但是接着，你会明白发生了什么：如果你不继续努力，永远也不能真正地找到你想要的。这意味着你永远不能战胜自己……尝试会给你继续前行的决心和勇气。

我懂了，你不能用一个通宵的时间找到自己，即使现在，我们仍在很多地方不了解自己，但是，无论怎样，到达这里已经很快乐了。

我懂了，在学校要努力学习，尽管被嘲弄和折磨，然而确实很值得。毕竟，付出就会有回报，至少，你会快乐……

我懂了，如果你想要竭力达到某人所期望的那样，那么，那人应该是你自己。没有人能够，或者应该使你觉得自己毫无价值。

我懂了，每个人都有优缺点……而一些事情永远也无法改变，这样，你可能学着去适应它们……因为世界不会改变了去适应你。世界不会停止对你的牵制，让你逃脱……所以，如果你不能击败它，那就顺从它吧。

我懂了，你想要为朋友做完自己所能想到的事情，然而，有些事是必须要他们自己去完成的。

我懂了，你别期望为加深他人对你的印象而打扮自己，也别去伪装自己，否则，没有人会喜欢你。在这个地球上，没有人值得你为其丧失尊严、生命，还有最重要的——心灵，除非他们已经准备好了回报你。拥有快乐和为自己而活十分重要，除非你打算失去你的心智。

我懂了，规则是用来被打破的。事实上，你只要让爱自由……如果它想要怎样做，就让其怎样——妈妈时常对我这样说，我也一直很赞同。只是，事实上，我从没这样打算过。而现在，我这样做了。

我懂了，即使那个人不爱你，你也应该用自己所拥有的一切继续去爱。爱没有边界，如果你那样做了，就会得到加倍的回报。

我懂了，你不应该曲解问题，或过度分析、考虑问题，因为那样只会横生枝节，小题大做。事实上，没有什么可以与你日后经历的挫折相比。

我懂了，如果你不能令自己开心，又有谁能呢？在你沐浴爱河享受快乐之前，你已经使自己得到快乐了。我知道，人们对此不能理解。但是，我能！而且，这是很重要的部分！

　　当我着手写这些东西时，我真的不知道会有这么多话……然而，这让我明白，有时你学到知识是在不知不觉中的。人们说，万物都将改变，会有一种崭新的生活方式呈现在这里……但是，就我个人而言，这仅仅是个开始……你无须等到新的千年再开创新的事业……你可以在你选择的任一小时、任一天、任一年的任一时刻开始……

佚 名

让内心的灯指引你

当你必须独自站立的时刻来临时，你一定要有足够的信心去追寻自己的梦想，并要做好准备为之牺牲。

你必须拥有改变自己和决定轻重缓急的能力，这样，你的最终目标才能实现。

有时，你需要挑战熟悉和安逸；有时，你需要抓住更多的机会，创造属于自己的未来。

你要足够坚强，至少，要试着让自己的生活更美好。

要相信自己不会轻易妥协而得过且过。

要欣赏自己，给自己成长、发展的机会，并找到自己生活的真正意义。

不要活在别人的阴影里，属于你的阳光会指引你前进的道路。

努力去做自己喜欢做的事，努力克服所有的障碍。

笑对自己的过失，从中汲取教训，并引以为戒。

摘些花朵，欣赏大自然的美。

向陌生人问好，享受熟人的陪伴。

别害怕流露真情，放声大笑、纵情哭泣，这会让你感觉更好。

全心全意地爱你的家人、朋友，他们是你生活中最重要的部分。

在阳光灿烂的日子里，感受安宁。

寻找彩虹，活在梦想的世界中，永远记住，生活比看上去的更美好。

我们要好好想想

今天的我们，有了更高的建筑，更宽的公路，性情却更急躁，眼界也更狭窄；

我们花费的更多，享受却更少了；

我们的房子大了，家却更小了；

我们有了更多的妥协，时间却更少了；

我们的知识更多了，判断力却日渐下降；

我们的药品日益丰富，健康却不尽人意；

我们的财富不断累积，但价值却慢慢缩减；

我们说的更多，爱的却少了，仇恨也更多了；

我们能往返月球，却发现穿梭于街道与邻居接触是那么的难；

我们征服了外太空，却征服不了我们的心；

我们的收入多了，道德意识却少了；

这是一个自由的时代，但能享受的快乐却少了；

我们有了更多的食物，营养却少了；

如今每个家庭都有双份薪水，离婚率也越来越高；

如今的住房越来越高档，破碎的家庭也越来越多；

这就是我要说的，让我们从今天开始的原因。

你不必为了某个特别的时刻留住你所珍藏的东西，因为你活着的每一天都是那么特别。

寻求更多的知识，多读一点书，坐在你家的长廊里，带着赞美的眼光欣赏眼前的景色，不带任何私心杂念。

多花点时间与你的家人、好友在一起，吃你喜爱的食物，去你想去的地方。

生活是一系列的快乐片段，不仅仅是生存而已。

举起你的水晶杯吧！

不要珍藏着你最好的香水，在你想用的时候洒上吧！

把"那么一天"或者"某一天"这些词汇从你的措词中移除吧；

曾想着"某一天"要写的信，今天就动笔吧！

告诉家人和朋友，我们是多么地爱他们；

不要耽搁任何能给你的生活带来欢声笑语的事情；

每一天，每一个小时，每一分钟都是那么特别；

你无从知晓这是不是最后一次。

佚 名

一颗麦粒

　　今天我要加倍提升自己的价值。如果桑叶、黏土、柏树、羊毛经过人的创造，可以成百上千倍地提高自身的价值，那么由黏土构成的我们为什么不能呢？

　　我把自己的命运比作一颗麦粒，要面临三种不同的道路。麦粒可能被装进麻袋，丢进牲畜棚，等着喂猪；也可能被磨成面粉，做成面包；还可能撒在土壤里，让它生长，直到这一粒种子金黄的麦穗不断衍生、结出上千颗麦粒。

　　我和麦粒唯一的区别在于：麦粒没有选择的权利，任凭被喂猪或被磨碎做成面包，或是被种下，生长繁衍。我却有选择的自由，我绝对不会让我的生命成为喂猪的饲料，也不会让它在失败与绝望的岩石下煎熬，任人调遣。

　　为了让麦粒生长、结实，将其种植在黑暗的泥土中是必须的，我的失败、绝望、无知、无能便是那黑暗的泥土，我必须牢牢扎根于泥土中，等待成熟。现在，就像麦粒在阳光雨露与和风的哺育下发芽、开花一样，我也要锻炼自己的身心，去实现梦想。

今天我要加倍提升自己的价值。

高远的目标不会让我有丝毫畏惧，即使在达到目标的过程中可能屡受挫折。摔倒了，再爬起来，这不会让我有丝毫迟疑，因为每个人在抵达目标之前都须历尽艰辛。只有小爬虫不必担心摔倒。而我不是小爬虫，不是洋葱，不是绵羊。我是一个堂堂正正的人。随便别人用他们的黏土造穴吧，我要用自己的双手建造一座城堡。

我决不犯严重的错误——放低目标。失败者不敢做的事才是我发挥的舞台。我不止步于我的能力范围，目标达到后紧接着就是一个更高的目标。我要竭尽全力地使下一刻比此刻更好。我要常常向世人宣布我的目标，可我绝不炫耀我的成绩。让世人来称赞我吧，但愿我能明智而谦恭地接受它们。

今天我要加倍提升自己的价值。

一颗麦粒繁衍之后，可以变成成千上万的麦子，将这些麦苗继续繁衍百倍，如此十番，便能供养世界上所有的城市。难道我不比一颗麦粒强吗？

佚 名

觉醒时分

你最渴望的梦想怎么样了？假如担保你能成功的话，你敢于尝试些什么呢？

我们都有梦想，深深地埋藏于内心。在梦想中，我们遨游在想象的世界里，进入一个万事皆有可能的世界。在这个世界里，恐惧变成了一个奇怪的概念，那里没有限制，人人内心平和。

为什么我们的梦想依旧仅仅是梦想呢？假如我们勇敢地站起来走开，为什么我们又会陷在自己痛恨的工作中，被没来由的恐惧束缚呢？

每个全新的一天都好像让我们距离梦想越来越远。有时我们为激烈的竞争所困扰，有时梦想看起来似乎是一段遥远的记忆。慢慢地，我们让自己的梦想破灭了。

我们最大的梦想没有实现的原因是什么？答案不是从东方古人的智慧中领悟出的深刻启示。它非常简单，你甚至开始思考为什么多年以来自己都没有注意到。

我们的梦想没有实现的原因是我们在做梦之后便再次睡去，而没有醒来，起床，去做些什么。等你醒来时，最好的梦想已经转瞬即逝了。

有时我们的确醒来了，而且为了全人类迈出了一大步。随后我们摔倒在地，舔着伤口，对自己说这是不可行的，没过多久便又开始睡觉。有时我们又做了一两次尝试，但还是很快就放弃并满足于现状了。那么，我们真的尽力了吗？

我们实现梦想的唯一办法就是开始付出行动。先迈一小步，然后再迈一小步，随着时光的流逝，你就会为自己前进的距离惊奇不已。你向着自己梦想的方向迈的步子越多，你就越勇敢。不久你就会看到隧道另一端的光亮了。你走得越近，梦想就越可能实现。慢慢地，你的恐惧感开始消失。迈第一步是让人恐慌的事情。你可以选择第一步的大小和方向。有些人勇敢地面对困难，辞去重要的工作，去追求梦想。有些人则继续留在现有的岗位上，直到他们可以满意地炒老板的鱿鱼。而相对于其他人来说，这意味着转变职业道路。

无论你选择哪条道路去实现梦想，起点都是醒来并做些什么，然后继续坚持下去。这仅仅是时间问题，你终将到达目的地。

我现在就行动

施莫林

　　我的梦想毫无价值，我的计划渺若尘埃，而我的目标也无法实现。除非能够将它们付诸行动，否则一切都毫无价值。

　　我现在就行动。

　　然而，永远都没有这样一张地图，不论它标注多么详尽，比例多么精确，可以带领它的主人在地面上挪动半步。从来不会有这样一部律法，不管它制定得多么公正，可以阻止一起犯罪事件的发生。唯有行动才能将地图、律法、我的梦想、我的计划、我的目标变成现实。行动是食物和水，滋养了我的成功。

　　我现在就行动。

　　恐惧使我裹足不前，现在我从所有勇敢的心灵深处，领悟到了这一秘密。我知道了，要克服恐惧，就必须始终毫不犹豫地行事，这样心中便没有了慌乱。现在我知道，行动可以平息心中偌大的恐惧。

　　我现在就行动。

今后，我会记住萤火虫的启示：只有振翅飞翔的时候，萤火虫才会发光。我愿意变成一只萤火虫，尽管艳阳高照，我的光芒仍然可见。就让别人像那些精心装扮翅膀的蝴蝶吧，要依靠花朵的施舍度日。我愿意像一只萤火虫，我的光芒将照亮整个世界。

　　我现在就行动。

　　我会今日事，今日毕，因为我知道明天永远不会来。让我现在就行动起来吧！即使我的行动也许不能带来幸福或成功。因为行动而失败总好过于坐以待毙。事实上，或许我的行动并不能采摘到幸福的果实，但是如果不去摘，所有的果实只会烂在藤上。

　　我现在就行动。

　　我现在就行动。立即行动。立即行动。今后的每一天，每一小时，我都会一遍一遍地重复这句话，直到这些字变成了一种习惯，就像我的呼吸一样。这样，行动也随之变成了一种像眨眼睛似的本能。有了这句话，我就能时时调整心智，做好每一次必要的行动以取得成功。有了这句话，我就能时时调整心态，以迎接失败者逃避的每一次挑战。

　　我现在就行动。

　　我将一遍又一遍地重复这句话。清晨醒来时，我会默念一遍，然后起床，而那些失败者这时还在床上睡觉。

　　我现在就行动。

　　我所拥有的只有现在。明日只属于懒惰之人，而我并不是懒汉。明日是弃恶从善的日子，而我并不是邪恶的。明日是弱者变强者的日子，而我并不软弱。明日是失败者取得成功的日子，而我并不是一个失败者。

我现在就行动。

狮饥则食，鹰渴即饮。它们必须采取行动，否则只有死路一条。

我因为渴望成功而感到饥饿，因为渴望幸福和心绪的平静而口渴。除非采取行动，否则我将在失败、悲惨、夜不能寐的生活中死去。

我现在就行动。

成功不等人。稍有拖延，她就会投入别人的怀抱，永远地离我而去。此刻正有天时地利，而我就是成功的主角。

　　生命绝不仅仅是存在，它是一个不断变化且无情流逝的过程。父母的生命通过我们延续下去，而我们的又将通过子女延续。我们制定的制度也会通过他们传承下去；我们创造的美丽不会因死亡而暗淡；我们的肉体将会消亡，双手会干枯，但是人们在美丽、善良和真实的生活中所创造的一切都将永葆生机。

　　既要牢牢抓住，又要懂得放弃。理解了这个悖论，你就会站在智慧的入口。

　　牢牢地把握生活——但不要过于执拗而不懂得放弃，我们必须接受失去，学会如何放弃。

　　不要消耗和浪费你的生命来聚集财富，这些都将会化为尘土和灰烬。不要以追求过多的物质作为理想，因为，只有理想才会使生命更有意义，更具永恒的价值。

　　一座房子被赋予了爱，你就有了家；一座城市被赋予了正义，你就拥有了社会；一块红砖被赋予了真理，你就有了一所学校；最简陋的建筑被赋予了信仰，你就有了一座教堂；人类孜孜不倦的努力被赋予了公正，你就拥有了文明。将它们全部聚集起来，完善其尚不完备之处，再加上人类改过自新的憧憬，贫穷与争执将永远消失，你将拥有一个光明、充满灿烂希望的未来。

你在忽略那些小想法吗

你曾经有过的那些很机灵的想法现在怎么样了？你是否忽略了它，因为你觉得那只不过是一个小小的想法？

你是否想过，如果凭自己的直觉，或者给予它更多的关注，那些小小的想法会变成什么呢？

想象这样一个场景：你坐在家里看电视或看书时，脑海中突然灵光一闪，冒出一个想法。这个想法引起了你的注意，但它好像毫无价值，于是你准备丢弃它。但是请等一下！

这个想法可能就是成功的潜在起点，而成功是你渴望已久的。当它掠过你的脑海，你的感觉变得敏锐起来，你突然看到了一种可能、一种现实、一套解决方案、一个结论，或是找到了许久以来一直困扰着你的问题的答案。

这就好像是一位圣人悄悄地对你耳语一个完美的解决方案，或者唤醒你的某种感觉成为真实，由此给你的人生带来光明，这种感觉就像找到智力拼图的最后一块一样。

这将成为一个令人振奋的时刻。当你激动地试着抓住这些微小却很实用的想法时，周围的一切好像都凝固了。

那个小小的想法如果被付诸实践，就极有发生的可能。当你意识到了这点时，你的自信心和热情都会大大增加。以此为基础激发的其他思想，其中一些你可以写下来，这些伴随那个小想法而来的思想，可以等以后再来回顾。

表面上，这些小想法或观念毫无意义，然而一旦付诸实践，它会有很大的潜能来激发更伟大的计划。

很多成功的计划都是从那些积极的小思想中诞生出来的。它们经过细心的培育，被认为是成就伟大事业的入场券。

你可能听别人这样说过很多次：它只在我的脑海中瞬间闪现。在闪现的那一刻，一个关于你计划要实现的事情的小观点，或者看似毫无意义的想法可能掠过你的脑海。

不要浪费任何一个机会，去实践一个有潜力的机灵想法。你无须为了等待一个更大的想法、更高明的谋划，或得到同伴的认可之后，再去实践你的小小的想法。

如果你决定坚持到底，那么，小小的想法或念头将会是你成就伟业的起点。

失败者的学堂

受命于危难之际的人通常并不是什么天才，他并不比别人拥有更多的天赋，但是他懂得只有坚持不懈地集中精力去做，才能取得成功。商界人士所创造的"奇迹"并非"偶然"。他知道，找寻新的理念，并将其领悟是使奇迹发生的唯一途径。这也正是有人失败有人成功的唯一奥妙所在。成功者往往能够成功地看待事物，并且一直抱有成功的信心。而失败者常常会失败地看待事物，因此失败总会降临在他身上。在我看来，每一个接受过正确训练的人都能够成为成功者。有很多人，他们才华横溢、能力极高，却任自己的才能白白浪费，真可谓是一件令人羞愧的事。我希望有一天，可以看到哪位慈善家出资建造一所学校，来培训那些失败者如何取得成功。我相信，他把钱花在这方面是最明智的选择。在一年的时间里，应用心理学就会在他的身上创造奇迹。他们会发现，自己之所以失败，完全是因为其意志力不坚定，经常受到悲伤与不幸经历的困扰，致使自己失去了再战的勇气。

失败者先需要做的，就是自食其力，然而相反的是，他们往往会在这里摔倒。其结果便是，他们的天赋从来都得不到发展，这是他们自己和世界的损失。我坚信，在不久的将来，一定会有人捐出自己的钱，用来帮助失败的人们重新站立起来，帮助他们认识到自身所拥有的巨大潜能，并将其用到实处；帮助他们摆脱绝望的情绪，让他们重拾自信。

当一个人在今天错失一个机会时，他必定会决心找到补救的措施。他会从令人鼓舞的本性那里得到鼓励和建议。他必须时常纠正自己的路线，停止做削减自己能量的事情，集中精力去做有用的事情。今天，我们要克服自身的弱点。不要期待会有人帮你。抖擞精神，坚定信心，决心克服自身的弱点，摆脱恶习。事实上，真的没有人能够为你做这些。鼓励你，这就是他们所能做的。

除了身体欠佳之外，我想不出还有什么因素可以妨碍一个人取得成功。世界上再没有什么障碍是你无法逾越的。要克服阻碍，更加坚定的决心、更多的勇气、更坚强的毅力和意志是必不可少的。

也许今天，拥有勇气、毅力和意志的人生活是贫困的，但是数年之后，他一定会变得富有。与金钱相比，意志的力量是人类更好的财富。只要你给它机会，意志就可以带你跨越失败的深渊。

地位显赫的人往往能够克服重重险阻，从失败中重新站立起来。想想我们众多的发明家，在最终取得成功之前经历了多少艰难啊！他们的行为往往得不到亲朋好友的理解，他们更是时常不能满足生活的基本需求，然而他们靠着坚定的决心和坚决的勇气生存了下来，直到完成自己的发明创造。他们的发明极大地改善了后人的生活条件。

的确，每个人都希望做点事情，但是只有很少的人为成功做出必要的牺牲。做任何事情，只有一种方法可以完成，那就是勇往直前。如今，如果一个人下定决心去做，并且不让任何事物阻碍自己前行，那么也许他就可以完成任何事情。强烈渴望成功的人，会很快克服任何困难。"困难像弹簧，你弱它就强"。多看看你战胜困难后自己所取得的优势，它会给你征服阻碍所需要的勇气。

不要期望你总会一帆风顺。你的旅途中很有可能有暗礁险滩。不要让险途阻挡你前进的脚步，继续走下去。永远不要坐下来停歇和抱怨，想想这段路程是多么美好。前方的美景会抚平你的苦痛。

今天，我要……

佚 名

今天，我要旧貌换新颜，它已经承受了太长时间失败的打击和平庸的创伤。

今天，我要重新诞生于世，我的诞生地是一个属于所有人的葡萄园。

今天，我要在葡萄园中最高、最丰硕的藤上采摘智慧之果，因为它们是最睿智的先人栽种，一代一代留传下来的。

今天，我要真实地从这些藤上摘下葡萄，品尝它的美味，并吞下埋藏在每一颗葡萄中的成功之种，这样，我的心里便有新生命的萌发。

我选择的职业充满机遇，然而也充斥了悲痛、绝望，和那些已经失败的人群。它们一个接一个地叠在一起，也许会投下一个比地球上所有金子塔还高的阴影。

然而，我不会像其他人那样失败，因为现在我的手里握着航海图，它会指引我穿过危险水域，抵达彼岸，而这在昨天却好似一场梦。

失败不再是我奋斗的代价，因为上苍并没有准备让我的身体饱受折磨，也没有准备让我的生活遭受失败。失败，就像痛苦，与我的生活背道而驰。过去，我接受失败，如同接受痛苦一般，而现在，我拒绝它。我准备接受智慧和原则，它们会引导我走出阴影，走进财富、地位和幸福的阳光里，远远超出我最大的梦想，直到连幸福乐园，金色的苹果似乎都只是我的酬劳。

时间将会教导永生之人一切智慧，但我不能永生。可在我有限的生命里，我会磨炼忍耐的意志，因为上苍从不匆匆而为，它需要百年之久才创造了树木之王——橄榄树，而一棵洋葱九个星期内便会枯萎。我曾像洋葱一样生活，但这并不能令我快乐。现在，我想成为最伟大的橄榄树王。事实上，是成为最伟大的推销员。

上帝希望你拥有财富

D. 沃勒斯

你必须要清除残留的陈腐思想，如：神的旨意就是让我们贫穷，唯有处于困境中的人才可以侍奉神灵等。

对财富的渴望完全是我们追求更高水平生活的一种本能表现。每一个欲望都是将潜在能力转化为行动的动力。

你想变得富有，而这也是上帝的愿望。上帝希望你拥有财富，因为假如你拥有大量物质来回报他的恩赐，他就可以通过你来很好地表现自我。假如你生活的方式多姿多彩，他存在的意义会更多地在你的身上体现出来。

你必须过着真正的生活，而不单单只满足于寻欢作乐。生活应该是和谐的，一个人只有在身体、精神和心智方面得到和谐的发展，才能生活得幸福，而不是让任何一部分过度放纵。

为了得到骄奢淫逸的生活而想变得富有是不应该的，因为那是最低级的欲望，那并不是真正的生活。然而满足于身体各部分的需求也是生活的一部分，一个否定身体需求的人，是不可能完全过一种正常但健康的生活的。

单单为了享受精神乐趣、获取知识、满足野心、超越别人和出名而想变得富有也是不应该的。这一切都是组成生活的合理部分，然而单单为了精神享乐而活的话，这个人的生活就不是完整的，他永远不会满足。

单单为了别人的利益而想变得富有也是不应该的，为了拯救人类、为了获得奉献和牺牲后的喜悦而放弃自己的一切都是不可取的。精神的享乐只是生活的一个组成部分，它并不比其他部分更美好、更崇高。

变得富有的目的是为了让你衣食无忧，并在拥有这些东西时感到快乐；是为了让你周围环绕着美好的事物，开阔视野，开阔眼界，开发智力；是为了让你体贴别人，多做善事，能够为帮助世界寻找真理贡献自己的一份力量。

但是切记，极端的利他主义相对于极端的利己主义来说，两个都没有美好和高尚可言，它们都是错误的。抛弃这些想法：上帝想让你为了别人而牺牲自己，这样做你就会博得他的欢心。上帝不会要求你这样做，他想要的是你能最大限度地为了你自己，同时也为了别人而变得强大；只有这样，你才有更多的能力去帮助别人。

你必须摒弃竞争的念头。你要去创造，并非与别人竞争已经创造出来的财富。

你无须从他人手中夺取任何东西。

你无须巧取豪夺。

你无须欺诈、利用他人。

你无须克扣员工薪水。

你也不必垂涎于他人的财富抑或对之报以羡慕的眼神，他们所拥有的一切，你一样可以得到，无须抢夺。

你要成为一个创造者，而非竞争者。你会得到想要拥有的一切。通过这种方式，在你得到财富的同时，被你所影响的其他人也将得到比现在更多的财富。

由竞争得来的财富永远不会让人感到满足，也不会持久。它们今天是属于你的，明天就会落在他人手中。

切记，假如你想通过科学且特定的方式变得富有，就必须抛弃竞争的念头。财富是有限的，因此一刻也不要有这样的想法。就在你思考的那一刹那，所有财富都已经被他人占有并控制，你就得竭尽所能、用尽各种手段去抢夺。一旦你掉进竞争的思维模式中，你创造的能力就会日渐消散。

更为不幸的是，你会扼杀刚刚开始的创造性的致富行动。

佚 名

就为了今天

就为了今天，我只为度过今天而努力，而不是立刻去解决生存问题。我可以花12个小时去做某件事，但如果我觉得要持续一生去做的话，我一定会心惊胆战。

就为了今天，我要快乐。亚伯拉罕·林肯说得很对："大多数人之所以快乐，是因为他们决定要这样。"

就为了今天，我要为适应一切而调整自己，而不是让每一件事都合我的心愿。好运降临时，我会好好把握。

就为了今天，我会充实我的头脑。我要学习，学习一些实用的知识，不做精神的流浪者。

就为了今天，我会用三种方法磨炼我的灵魂。我要做一件对某人有利的事，但又不能被发现。如果有人发现了，那就不算。我至少要做两件不想做的事——只是为了磨炼。我受伤的心绪不会向任何人袒露，也许的确是伤痛，但我不会表现出来。

就为了今天，我要做一个使人愉快的人。我要尽可能地看起来令人满意。我要打扮得体，言谈温和、举止亲切、不言是非，努力改善自身，而不是管制他人。

　　就为了今天，我要有一个安排。可能我不会严格遵循，但有了安排，就可以避免两种弊端：仓促行事和优柔寡断。

　　就为了今天，我要独自享受半个小时的宁静，放松身心的宁静。在这半个小时里，我会在某个时刻试着去更好地感悟人生。

　　就为了今天，我无所畏惧。特别是我不再害怕享受美好。我要相信，我对世界付出多少，世界也会回报多少。

喜欢镜子里的自己

伊丽莎白·切利

　　无论如何，你都要始终相信自己，爱你自己这个人，感激上帝给予你的一切。这是每个人都受用的"人生法则"。我认为人们一定要相信自己、接纳自己，唯有如此才能拥有幸福的生活。一个人最难做到的便是看着镜子，喜欢镜子里的自己。接纳自己、感谢上帝的赐福、相信你能实现自己的追求，这对于我们来说是很难做到的。想让你的生活充实而满足，首先就需要让自己充满信心。

　　生活中，为了相信自己，我曾多次拼搏过。即使是面对完成家庭作业、把一支钢琴曲练熟这样的小任务，我也总是灰心丧气的。假如在开始一项任务之前，你信心十足地说："我能行！"你就会觉得生活从未如此轻松愉快。四五年前，我开始学习弹钢琴，独奏会的日期一天天逼近，我却还有一支曲子没有掌握。回到家中，我带着一副丢盔弃甲的样子，态度也不好，觉得自己不能完成这项任务。我坐在钢琴的旁边，告诉自己永远都不可能弹好。要牢记那几个小节乐曲的事情，如今竟成了我的人生教训。最后，我终于练熟弹奏了那支乐曲，独奏会也进行得十分顺利。回顾这段日子最重要的是我懂得了这样一个道理：假如你全力以赴去做你想做的事情，那你就一定能做到。现在，在我弹不好某段乐曲，感到沮丧时，也绝不放弃，绝不认为自己做不到。首先要保持积极乐观的态度，坐下来，告诉自己，只要用心，就一定能实现自己的目标。我认识到不管做什么，都应该抱着这种积极的态度去做。永远不要放弃，要坚信只要一心一意，你想做的事情就都能做到。

要爱自己，喜欢自己这个人。许多人很难做到喜欢镜子里的自己。当今媒体充斥着众多偶像，许多人纷纷模仿。女孩子要身材高挑；男孩子要高大，阳刚之气十足。作为一个十几岁的孩子，我十分理解外界给我们施加的压力。每当我打开电视机，或者翻阅一本杂志的时候，总会看到小巧清瘦的身材，我便觉得自己也应该有同样的身材，而且花费了很多时间去期待自己也能改变一下形象，而不是将时间花在充实自己的生活上。时至今日，我也想得到完美的身材，不过我必须知道自己和杂志封面上的"完美"女孩一样美，必须清楚美重要的是人的内心，而非外表。十几岁的孩子也会面临种类繁多的选择，酒精、毒品和性在一般青少年中是很常见的问题，尽管好多人因为我对这些叛逆行为不沾边而讥笑我、嘲弄我，可是我知道避开各种诱惑才会使我感觉良好。要成为一个受人欢迎、讨人喜欢的人，我没有必要去饮酒、吸毒、追求性刺激，我坚持自己的本色，学会爱原原本本的自己，而不是因为我的模样、我的作为，这样我才会真正地使我的生活更加快乐、更加充实。每个人都有权利享受快乐，重要的是学会赏识自己、爱自己。

感激上帝赐予你的礼物。在许多人没有住处、食物以及其他生活必需品的时候，我却幸运地拥有了许多。当我坐下来，因为16岁的生日礼物中没有汽车而闷闷不乐时，在世界各地还有多少孩子只是期待能吃上一顿饱饭。不要为不属于自己的荣华富贵费尽周折，多想想令你心怀感激的那些东西吧。如今，自私的人不计其数，除了自己以外，他们对谁都不闻不问。上帝让我们到世上的目的就是让我们互相爱护、互相帮助的，但是我们好多人还是仅仅考虑自己需要什么。我们原本能够花更多的时间来感激上帝，感谢他将美好的一切赐给我们。要多想想你的天赋，要知道上帝给你的一切都是有原因的。假如你是个富于同情心的人，那你就到疗养院去看望那些无家无业的人吧；假如你拥有一幅好嗓子，就应该到歌唱队用歌声为人们送去欢笑。感谢上帝将一切赐予你，并用你的天赋来帮助他人。

永远记住你要一直相信自己，难题就会变得容易。爱你自己吧，不要把自己跟别人做比较，你就是你自己。要感谢上帝赐予的天赋，你就要多开动脑筋，发挥自己的聪明才智。要让生活快乐而充实，重要的是要相信你自己，爱你自己这个人并要感谢上帝赐予的一切。假如人们按照我所遵循的"人生法则"生活，那他们自己就会感到心满意足、有成就感而且能充分发挥自己的才能。

佚 名

打开另一扇门

　　读报的时候，看到一篇好文章，总想把它剪下来收藏。就在我拿起剪刀准备剪的时候，才发现反面的文章也很有趣，它要么是讨论如何保持健康，要么是建议你怎样为人处世。假如你剪了这面的文章，那面的文章势必会损坏，只留下一半或缺少文章题目。因此，举起的剪刀往往停留在半空舍不得再剪，继而不可避免地后悔、遗憾。

　　有时候，在同一时间有两件事要做，并且这两件事都值得你去关注。你只能选择其中一个，另一件事只能等到以后再做，或者干脆放弃。可是你知道，未来不可预知，今后的变化可能不允许你完成剩下的这件事。所以你会觉得郁闷：为什么这么好的机遇和绝妙的想法会聚集到同一个时间？很可能就是因为你选择了这件事而放弃了那件事，你的一生就会发生戏剧性的改变。

　　这就是生活，像剪报一样，我们经常面临正反都完美的一件事，可是当我们忙碌于这件事的时候，注意力却又被另一件事所吸引。前者或许比后者更重要，我们举棋不定。我仍然记得一位哲学家的话："当一扇门关闭时，生活会为你开启另一扇门。"所以，不经意或被动的选择，或许并不是坏事。

不管我们做什么，不管生活的暴风雨把我们吹向何处，我们一定可以实现梦想，哪里都有我们可以落脚的海岸，因为生活会为我们开启另一扇门。

佚 名

为乐趣而生活

我们都被洗脑了！我们被灌输了这样的职业道德："工作（和忍受）到生命的最后一刻，幸运的话，直到退休。我们没有时间浪费在无聊的事情上。我们有体现自身价值的责任。我们一定要认真而努力地工作，在事业上进步，赚更多的钱，并把赚钱和事业进步看作生活的首要目标。"

我希望变更自己的人生计划。我知道，做自己感兴趣的事，我会做得很好；做自己憎恶的事，我会做得一塌糊涂；在压力下工作，通常会事倍功半。

我们可以改变生活中衡量某事是否该做的标准。我们需要扪心自问的不应是"它是否会赚大钱或能否让事业更上一层楼，"而是"我对这些感兴趣吗？这件事有意思吗？我要大干一番吗？"

如果你不能肯定地回答这些问题，那么，这些很有可能就不是你该做的事情！

如果是诸如纳税、洗碗等你必须做的事情，解决的办法就是找别人代你做，你不喜欢做的事情自然有人喜欢做。的确如此！举个例子来说，我并非世界上最棒的家庭主妇，我讨厌打扫卫生，擦地板和窗户等家务活，可偏偏有些人喜欢这种冥想性质的工作，并能在工作圆满完成后获得真正的满足。如果我雇人来做这些事，我就可以利用这些时间去做自己喜欢的事情来赚钱，这于我大有裨益。

人各有不同，不同的人适合做不同的事。某人喜欢做特定的某件事，这并不意味着你也必须要去喜欢。我所谓的"乐趣指数"可以用来帮助我们了解某一行业适合哪些人去做。判断一件事情是否该去做，不能只凭它能否带来物质利益和事业进步等经验主义，而应看此事是否能给我们带来乐趣并使我们获得满足感。你的工作带给你自豪感和满足感了吗？你是在执行"应该"指令还是依照"想做"的意愿呢？

然而，这种程式是异常强大的。我发现，勉强自己做事的结果就是能拖则拖、没完没了。你留意过吗？做自己不喜欢的事情似乎总也做不完。反之，则如俗语所云："乐在其中，浑然不知所谓何日。"

我们要反对旧的程式，并相信"乐趣指数"是一个流动工程。每一个小的进步同时也是一个大的飞跃。每一步都会淡化你对生活的不满情绪，强化你的自爱、自我认同和自尊感，让你更易感知生活中的乐趣。

不论何时，你都不能忽视这种内在激励，否则，你会日益陷入自厌与自责的泥潭，再次感到消沉没落。每一次的失望都会强化心中的那个信念：别人的愿望比自己的更加重要。于是，你内在的欲求便会再次被压抑到最低位置。

　　但是，这就是你的生活！为何要让他人指示你"应该"怎样生活呢？问问你自己，你想怎样规划自己的人生！聆听内心的声音，它会告诉你什么会真正充实和满足你。要知道，你才是自己生活的主宰者！

每日皆奇迹

贝内特

　　"没错，他是属于不懂得如何理财的那一类人。虽然拥有较好的工作、稳定的收入，足够供他日常消费和享用奢侈品了，可他并非特别奢华之人，却时常陷入困境。总之，他属于那种不会理财的人。他有一套很不错的公寓，但里面空荡荡的，看起来总像是接待了一拨又一拨的拍卖经纪人似的。他的西装焕然一新，帽子却破旧不堪；脖子上的领带华丽无比，下面的裤子却皱皱巴巴；请你吃饭时，他用雕花的玻璃器皿盛糟糕的羊肉，或把土耳其的咖啡泡在带裂痕的杯子里。他也弄不清楚，只好简单地解释说，他零星地花完了所有的收入。真希望我能有他一半的收入！我一定会教他……

　　所以，大多数人偶尔都会怀着优越感对他人说三道四，加以批评。

　　我们每个人几乎都是财务部长，但这种骄傲转瞬即逝。一些关于如何用多少数量的钱来维持生活的文章时常见于报端，这类文章常常能引起读者巨大的反响。由此可见，此类话题很受大众青睐。最近，一场激烈的争论在一份日报上展开了，话题围绕85英镑能否维持本国一名妇女一年的安逸生活。我曾看过一篇名为《8先令如何度过一周》的文章，但从未见过《如何度过一天的24小时》一类的报道。有人说，时间就是金钱。但我认为这句格言并不严谨，因为时间要比金钱更珍贵。通常，如果你有时间，就可以获得金钱。但即使你拥有卡尔顿旅馆行李管理员的薪水，也无法买到比我或者火炉旁边的那只猫多一分钟的时间。

许多哲学家曾经阐释过太空，却从未阐释过时空。时间是无法解说的万物之源。拥有它，一切皆有可能；没有它，则一无所有。时间源源而来的确是每天的奇迹，每每遐想于此总会为之震惊。清晨醒来时，当你睁开双眼，哦！24小时已魔法般地装进你的钱包，它是你生命里一笔永恒的财富！它是属于你的，是你最为珍贵的财产。它是一件非凡的日用品，展现在你面前，就像它自身一样神奇。

注意！没有人能偷走你的时间，它是无法被偷走的。没有人能得到比你更多的时间，但也不会比你更少。

时间是完美的民主主义者。在时间王国里，财富和智慧的特权不复存在。即使是天才，也不可能在一天中多得哪怕一小时的酬劳。时间王国里也没有惩罚，即便这无价之宝被你随心所欲地浪费掉，它也不会拒绝再给你提供。只有神秘的灵魂会指责道："这个人是傻瓜，不然就是流氓。他不配拥有时间，应剥夺他的时间享用权。"但时间远远比英国公债更可靠，它不会因为周末的到来而停止付息。另外，未来的时间你不能预支，更不可能负债！你仅能耗费过去的时刻，但不能耗费为你保留着的明天，也不能消耗为你保留着的下一个小时。

这是一件非常奇特的事，不是吗？

你每天都生活在这24小时里，另外，你还要获得健康、快乐、金钱、欲望、敬重以及提升你那圣洁的心灵。那么，时间能否正确高效地被利用，则是一件高度紧急又令人惊颤的事，它决定了一切。我的朋友！你的幸福——你所追求的一切都依赖于它。奇怪的是，报纸如此富于开拓精神，站在时代的最前沿，却并没有太多关于"怎样在有限的时间里生活"的文章，反而充斥许多关于"如何支配固定收入"的文章！事实上，时间比金钱更昂贵，你仔细想想，便会意识到钱是很普通的东西，随处可见，比比皆是。

如果一个人不能靠有限的收入维持生计时，他就会去挣更多——或者去窃取，或登报求职。一个人仅靠1000英镑维持一年的生计的确很拮据，但他没必要因此浑浑噩噩地过一辈子，只要不辞辛苦，努力多赚些钱，完全可以达到收支平衡。然而，如果他没有充分有效地利用这一天24小时，那的确是虚度了。时间虽然定期而至，但也有严格的限制。

谁能把握一天的24个小时呢？我所谈及的"生活"既不是"生存"，也不是"稀里糊涂地度日"。我们当中谁能从他日日"为之操劳的部门"没有做到管理规范而产生的焦虑中解脱出来呢？又有谁能够确信自己穿一套新西装时就不会佩带一顶寒酸的帽子呢？或者说在关注器皿质地时而忽略食物的质量呢？有谁一生都没有对自己说过："等有更多的时间，我就会改变"呢？

我们永远都不会有任何更多的时间。我们所拥有的只是原有的所有时间。这个真理意义深远却又常被忽视（顺便说一下，我仍未发现），它驱使我去实践考察自己每天所花费的每一分钟。

佚 名

生活不是理所当然

　　我们都读过一些令人兴奋激动的故事，故事的主人公只能再活一段很有限的时光。有时长达一年，有时却短至24小时。但是在探究这个将要离世的人选择怎样度过他最后岁月的问题上，我们都充满兴趣。当然，我说的是有选择权利的自由人而不是死刑犯。死刑犯的活动范围是受严格限制的。

　　这样的故事使我们思索，如果我们自己处在相似的情况下，应该做什么呢？临死之时，什么样的事情、体验和关系该被放入最后的时光中呢？回忆往昔，什么使我们快乐开心呢？什么又使我们悔恨抱憾呢？

　　有时，我常这样想，每天活得要像明天即将死去一样，这或许是一个非常好的规则。这样的态度可以鲜明地强调生命的价值。我们应该活得优雅从容、朝气蓬勃、观察锐敏，而这些将会日复一日，月复一月，年复一年地慢慢丢失。当然，也有一些人一生只是"吃、喝、享受"，然而，大多数人们在得知死亡的确存在时都会有所收敛。

我们大多数人认为生活是理所当然的。我们知道总有一天要面对死亡，但总认为那一天还在遥远的将来。当我们身强体健时，死亡好像是不可想象的，我们很少考虑它。日子多得好像没有尽头。因此，我们一味忙于琐事，却没有意识到这种对待生活的态度太盲目。

我担心同样的冷漠也存在于我们对自己所有官能和意识的使用上。只有聋子能够欣赏听力，只有盲人体会得到看见事物的乐趣。这种研究特别适合那些在成年时丧失了视力与听力的人。而那些从未体会过丧失视力和听力之苦的人们，很少能充分使用这些美好的官能。他们心不在焉，也不太感兴趣，用眼睛和耳朵模糊地看着和听着周围的一切。正如人们不知道珍惜自己拥有的，直到失去了才明白它的价值一样，人们只有在病的时候，才意识到健康的好处。

设想，如果有人给了你一支单色的不可拆装的钢笔。你根本看不到里面究竟有多少墨水。也许你试着写几个字后它就没墨水了，也许里面的墨水足够完成一部（也可能是几部）意义深远的传世之作。但这一切在动笔前，都不得而知。

这样的游戏规则，其结果你的确很难预料。只能赌一把！

实际上，游戏规则并未规定你一定要做点什么，反之，你甚至完全可以把它放到书架上或抽屉里，不去动它，任其墨水自然枯竭而变得毫无用处。

可是，倘若你打算用它，你会将其派上什么用场呢？你将如何开展这一游戏呢？

或许你会在写一个字之前，不断犹豫，反复斟酌？又或许你会因为计划过于周详而没时间动笔？

或许你只是手握钢笔，埋头苦写，笔耕不辍，顺着泉涌的文思被动前行呢?

　　或许你写字时会很慎重和小心，似乎这支笔的墨水下一刻就会枯竭一样? 又或是你会假装去相信这支笔永无枯竭之时?

　　那么你会写些什么呢: 爱情? 仇恨? 喜悦? 痛苦? 生命? 死亡? 虚无? 抑或是一切?

　　你的写作目的是充实自己? 还是愉悦他人? 或是两者兼而有之?

　　你落笔胆怯审慎，还是铿锵有力? 你的想象力丰富还是匮乏?

　　也许你根本没有落笔? 因为没有规则要求你拿到笔后必须要去写作。或许你会去素描? 乱画一通? 信笔涂鸦?

　　你会写在线内还是线上，或许你根本看不到线，即使有又在哪里呢? 那些是吗?

　　就此有许多该考虑的问题，难道不是吗?

　　此刻，如果有人给你一支谱写生命乐章之笔……

佚　名

最后的篇章

生命就如同这一本正在编写着的书，你生命中的每一秒钟就像是这每页间的一个字，度过的每一天就是这书中的一页。

你是你自己生命之书的作者。在生命的故事中，由你自己决定发生怎样的故事，挑选上场的角色。你掌控着主角的言语，以及其他人物的行为。

不管你喜欢与否，你生命的故事每天都会被编写。你所说的、未说的每句话，你所做的、未做的每件事，形成了书中的故事。你的生活和待人接物的方式也都形成了故事。或许你的书开篇并不是很好。或许你在各处做了一些错误的选择，致使你的书很糟糕。但是我们都可以使故事峰回路转。你的书可以以梦幻般的故事结尾。

用现在和未来的行为，我们可以控制如何结束书的最后篇章。今天，开始新的篇章吧。如果我所读的，正是你目前所写的，我会欣赏它吗？它有趣吗？还是关于坐在睡椅上看电视的内容呢？或者还是上网几个小时，嘴里吃着垃圾食品？

开始一个篇章，对你、对其他读书的人都将是一件高兴的事。充实地生活，你就会有引人制胜的故事情节。友善仁慈地生活，你的故事就会充满灵感，就能鼓动他人阅读。祝你写作快乐！